KB053918

나를 알아가는 즐거움

깨어 있는 삶으로 가는 지혜의 길잡이

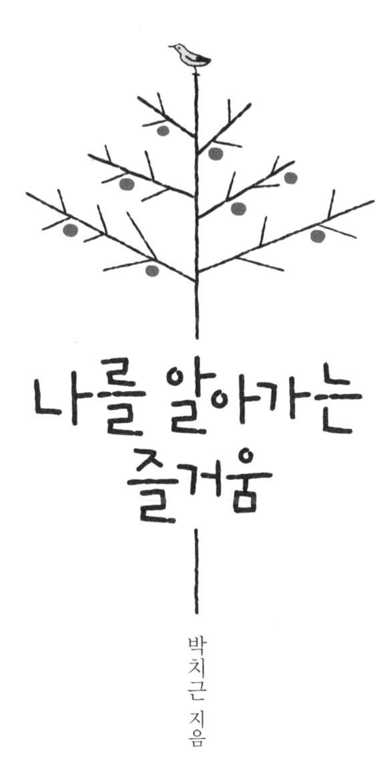

나를 알아가는 즐거움

박치근 지음

미래북
miraebook

우리네 삶은 잠시 왔다가
잠깐 차 한잔 마시고 가는 덧없음
그 이상 이하도 아니다

어느 날 조주선사는 자신을 찾아온 선객禪客에게 말했다.
"전에 여기에 온 적이 있는가?"
선객이 대답했다.
"예, 온 적이 있습니다."
말이 끝나자마자 조주선사가 말했다.
"그러면 차나 한잔 마시고 가게."
또 다른 선객이 찾아왔을 때였다.
"진에 여기에 온 적이 있는가?"
다른 선객이 대답했다.
"아닙니다. 여기 와본 적이 없습니다."
조주선사가 말했다.

"그래? 그러면 차나 한잔 마시고 가게."

그때 옆에서 이를 지켜보던 제자가 의아해 하며 조주선사에게 물었다.

"스승님, 어째서 여기 온 적이 있는 사람에게도 차나 한 잔 마시라고 하고, 온 적이 없는 사람에게도 차나 한 잔 마시라고 하십니까?"

그러자 조주선사는 제자를 지긋이 쳐다보면서 이렇게 말했다.

"너도 차나 한잔 마시게나."

'차나 한잔 마시게'라는 화두를 남긴 조주선사의 선문답은 때로는 찻잔보다 가볍고 때로는 바위보다 무거운 우리의 인생이 짧은 찰나의 순간 차 한잔 마시는 덧없음 그 이상 이하도 아니라는 깨달음으로부터 비롯된 것은 아니었을까.

인생은 덧없다. 하지만 그 덧없음 속에서'오늘'을 살고자 하는 강한 의지만 있다면 그 인생은 그지없이 아름답다.

가을 초입에

박치근

목차

3장

나도 사로잡힐 뻔 했구나 _164

바로 여기 있지 않느냐! | 산색은 법신이고 물소리는 설법이다 | 벽돌을 왜 바위에 가십니까? | 말뚝은 얼마나 크더냐? | 이놈의 당나귀가! | 묵은 번뇌가 몽땅 사라졌다 | 참새도 불성이 있다 | 어디 부처가 따로 있나 | 땅을 치는 뜻이 무엇입니까? | 목불木佛에 사리가 어디 있나 | 바쁘다 바빠 | 세 살 먹은 어린아이도 아는 일 | 호랑이는 호랑이일 뿐이다 | 겨자씨 속에 수미산을 넣다 | 마음을 가진 이 모두 부처다 | 그럼 똥은 어디로 눕니까? | 그 사람이 내 속에 있다 | 더우면 그 더위에 뛰어들라 | 한낱 속인이 아니었구나 | 사람을 살리고 죽이는 칼 | 나도 사로잡힐 뻔 했구나 | 내일은 기약할 수 없다 | 법당이 무너진다! | 손가락을 자른 뜻은 | 사대육신은 본래 공空한 것이다 | 과연 그래 가지고 살 수 있을까? | 알고 싶으면 먼저 절을 하라 | 지금 나무와 이야기를 하고 있다 | 분명 제 손 안에 있지요? | 목과 입을 쓰지 않고 말할 수 있느냐? | 네가 못 듣는다고 남까지 못 듣는 게 아니다 | 모든 것을 아는 지식이라 해도 귀하지 않다 | 보기도 하고 안 보기고 하느니라 | 왜 벌써 왔느냐?

4장

하루는 두 번 다시 오지 않는다 _244

1장

지금이라는 시간은 멈춘 적이 없다

눈으로 보아도 보이지 않고
귀 기울여도 들을 수 없다.
말하는 자는 알지 못하는 자이며
아는 자는 함부로 말하지 않는다.

하루 일을 하지 않으면
하루 먹지 않는다

수레를 뒤엎는 사나운 말도 길들이면 부릴 수가 있고,
녹으면 튀는 쇠붙이도 결국에는 그릇이 된다. 사람이 하는 일 없이 놀기만 하고
노력이 없으면 평생 아무것도 이룰 수가 없다.
백사 선생이 말하기를 "사람이 병 많음이 근심이 아니라, 평생 동안
마음의 병 하나 없는 것이 근심이다"라고 했다. 참으로 옳은 말이다.

_채근담

불자佛者들의 시주에 의지해 사는 것을 '벌레 같은 삶'이라고 여기는 백장선사는 스스로 청규淸規를 만들어 제자들과 하루도 쉬지 않고 밭일을 했다. 그런 까닭에 백장선사는 불교에 노동을 도입한 최초의 인물로 알려져 있으며 그의 검소하고 청렴한 생활은 여든을 넘은 나이에도 계속되었다.

제자들은 늙은 몸을 이끌고 하루도 쉬지 않고 밭일을 하는 백장선사가 안타깝고 부담스러워 여러 차례 밭일을 그만둘 것을 부탁했다.

"스승님, 제발 부탁입니다. 밭일은 저희가 할 테니 이제 그만두시지요?"

그러나 백장선사는 제자들의 간곡하고 간절한 부탁에도 전혀 아랑곳하지 않았다.

제자들은 자신들의 간청이 먹혀들지 않자 궁리 끝에 백장선사가 잠든 사이 그의 농기구를 보이지 않는 곳에 숨겨두었다.

다음 날 아침, 평소처럼 일찍 일어난 백장선사는 밭일을 나가기 위해 농기구를 찾았다. 그런데 매일 똑같은 곳에 놓아두었던 농기구가 보이지 않자 몹시 당황해했다.

잠시 동안 농기구가 놓였을 만한 곳을 구석구석 찾아 헤매다가 끝내 찾지 못한 백장선사는 아무 말 없이 자신의 방으로 들어가 버렸다.

그날 이후, 며칠 동안 걱정스러운 일이 벌어졌다. 그도 그럴 것이 하루 세끼 공양 때마다 식사를 잘하던 백장선사가 곡기를 갑자기 뚝 끊어버린 것이다. 이를 불안하게 여긴 제자들이 백장선사에게 우르르 몰려가 그 까닭을 물었다.

"스승님, 왜 며칠째 공양을 한 술도 뜨시지 않은 것입니까? 이유가 무엇입니까? 어디 편찮으십니까?"

그러자 백장선사가 노기를 띤 얼굴로 제자들을 둘러보며 꾸짖듯이 말했다.

"이놈들아! 자고로 하루 일을 하지 않으면 하루 먹지 않아야 하거늘!"

스승의 말을 가슴 깊이 새긴 제자들은 하는 수 없이 숨겨두었던 농기구를 백장선사에게 돌려주었다. 그날 저녁, 백장선사는 밭일을 마치고 제자들과 함께 저녁 공양을 했다.

그게 어찌
네 마음이겠느냐

바람 자고 물결 고요한 가운데에서 인생의 참다운 경지를 볼 수 있고,
맛이 담담하고 드문 곳에서 마음의 본래 모습을 볼 수 있다.

_채근담

자신의 왼팔을 끊어 달마대사의 제자가 되어 법法을 구한 이가 혜가선사慧可禪師다.

아직도 부족한 것이 있었는지 혜가선사가 다시 달마대사를 찾아가서 가르침을 청했다.

"대사님, 제 마음이 아직도 불안하옵니다. 청하오니 제 마음을 편안하게 해주십시오."

달마대사가 말했다.

"그래? 어디 그럼 그 불안한 마음을 이리 가지고 오너라. 편하게 해주마."

"대사님, 그 마음이 어디에 있는지 아무리 찾아도 찾을 수 없습니다. 이럴 땐 어찌해야 합니까?"

"암, 찾아진다면 그게 어찌 네 마음이겠느냐! 나는 벌써 너의 마음을 편안케 했느니라."

이렇게 말한 달마대사는 아직 고개를 숙이고 있는 혜가선사를 지그시 바라보며 다시 말을 이었다.

"혜가야, 이미 편안하게 한 너의 마음을 보고 있느냐?"

이 말을 들은 직후 고개를 들어 달마대사를 바라보는 혜가선사는 한순간 깨달음을 얻었는지 얼굴을 활짝 펴며 벌떡 일어나 큰 절을 올리며 말했다.

"대사님, 이를 글자로 기록할 수 있겠습니까?"

그러자 달마대사는 혜가선사를 쳐다보며 말했다.

"혜가야, 나의 법은 마음으로써 마음을 전할 뿐이지 문자를 앞세우지 않는다."

물병이라 불러서는 아니 된다

물고기는 물속에서 헤엄을 치지만 물을 잊어버리고,
새는 바람을 타고 날아다니지만 바람이 있음을 알지 못한다.
이 이치를 알면 가히 물질에 얽매어 있는 것을 벗어날 수 있고
하늘의 오묘한 작용을 즐길 수 있다.

_채근담

백장선사百丈禪師가 위산에게 자신의 법을 전하고 주지 자리를 물려주려 하자 수제자首弟子인 화림이 따지듯 물었다.

"스승님, 누가 보아도 저 화림이 수제자인데 어째서 위산에게 법통을 물려주려 하십니까? 이건 천부당만부당한 일이 아니고 무엇입니까?"

그 말에 백장선사가 "만일 화림 네가 대중 앞에서 틀을 벗어난 말 한 마디만 할 수 있다면 네게 주지 자리를 주겠다." 하고는 곧 많은 제자들을 불러 모은 뒤 자신이 문제를 내서 화림이 자신이

원하는 대답을 하면 아무 조건 없이 주지 자리를 화림에게 물려주겠다고 약속했다.

"화림아, 저기 물병이 하나 있다. 문제는 저것을 물병이라고 불러서는 안 된다는 것이다. 그러면 너는 무엇이라고 부르겠느냐?"

말이 끝나기 무섭게 여러 제자들 가운데 서 있던 수제자 화림이 한 발 앞으로 나서며 당당하게 대답했다.

"그럼 쇠말뚝이라고 부를 수도 없지 않겠습니까?"

그 대답에 백장선사는 자신이 낸 문제에 겨우 그 정도 대답으로는 성에 차지 않는다는 듯 고개를 가로저었다. 바로 그때, 위산이 마치 기다리고 있었다는 듯이 앞으로 성큼 나섰다. 그러자 백장선사는 위산이 과연 어떤 대답을 할까 내심 기대하는 표정이 역력했다.

"……."

하지만 위산은 아무런 말도 없이 그저 물병이 있는 곳으로 성큼성큼 다가가서는 마치 모든 번뇌를 한 번에 떨쳐버리기라도 하듯 그 물병을 사정없이 걷어 차버렸다. 그걸 본 백장선사는 한바탕 호탕하게 웃어젖히고는 고개를 끄덕이며 말했다.

"허허허, 이로써 주지 자리가 엉뚱한 놈에게 넘어가고 말았구나!"

무엇을 더 버리란 말입니까?

물욕에 얽매이면
우리 삶이 슬프다는 것을 깨달을 것이고,
천성에 따라 유유자적하게 선을 행하며 살면
삶이 즐겁다는 것을 깨달을 것이다.
그러므로 물욕의 슬픔을 알게 되면
속세의 욕심이 사라지고,
선행의 즐거움을 알면
저절로 성인의 경지에 이르게 된다.

_채근담

하루는 엄존자라는 수행자가 조주선사趙州禪師에게 합장하고 정중히 여쭈었다.

"스님, 모든 것을 죄다 놓아버리고 손에 아무것도 없을 때는 어떻게 하면 좋겠습니까?"

이에 조주선사가 말했다.

"그냥 놓아버리게."

조주선사의 대답에 의아해진 엄존자가 다시 물었다.

"스님, 방금 모든 것을 놓아버렸는데 도대체 무엇을 더 놓아버리란 말씀입니까?"

그러자 조주선사가 엄존자를 지그시 바라보며 말했다.

"그러면 그것마저 놓아버리게. 이 세상 모든 것은 공이니라. 눈에 보이는 것이든 보이지 않는 것이든."

설법을 꼭 말로
해야 된다고 생각하느냐?

마음에 망령된 생각이 없다면 어찌 그 마음을 볼 수 있겠는가?
석가가 말하는 관심(觀心;마음을 들여다본다는 뜻)이란
마음에 자그마한 잡념도 없는 사람에게는 거듭하여 그 장애만 더할 뿐이다.
만물은 본래 하나인데 어찌 고르게 할 필요가 있겠는가?
장자가 말하는 만물을 고르게 한다는 것은
스스로 같은 것을 갈라놓는 일이다.

_채근담

약산선사藥山禪師는 아무 말 없이 좌선坐禪에만 빠져 있기로 유명해 약산의 드높은 명성을 익히 알고 있는 많은 수도승들이 그의 밑에서 수행하기를 원했다. 그러나 많은 시간이 흘러도 그의 설법을 들을 수 없게 되자 제자들이 하나둘 떠나기 시작했다. 이를 안타깝게 여긴 한 제자가 약산선사에게 한 번이라도 설법을 해줄 것을 간절히 청했다.

"스승님, 제발 단 한 번만이라도 설법을 해주십시오!"

끈질긴 제자의 요청을 못이긴 약산선사는 결국 설법을 하기로 약속했다. 그러자 그 소식을 들은 많은 사람들이 약산선사의 설법을 듣기 위해 구름처럼 몰려들었다. 그러나 약산선사는 모여든 대중을 한 번 둘러본 뒤 한 마디 말도 없이 다시 자신의 처소로 들어가 버렸다. 이에 수많은 제자와 대중은 웅성거리며 하나둘씩 뿔뿔이 흩어졌다.

황급히 약산선사를 뒤따라 들어간 제자가 따지듯 물었다.

"스승님, 설법을 하겠다는 약속을 왜 안 지켜서 저를 난처하게 하십니까?"

약산이 제자를 물끄러미 바라보며 되물었다.

"이놈아, 대체 내게 뭘 말하라는 거냐?"

그러자 제자는 지난번에 대중들에게 설법을 하겠다는 약속을 잊어버렸느냐며 자신과의 약속을 상기시켰다. 그러자 약산은 아무렇지 않은 표정으로 엄히 말했다.

"이놈아, 설법을 꼭 말로 해야 된다고 생각하느냐?"

제자는 그 말에 어떤 토도 달지 못했다.

불佛이 있느냐?

바람이 성긴 대숲에 불어와도 일단 지나가면 그 소리를 남기지 않고,
기러기가 차가운 연못을 날아가도 지나가면 그림자를 남기지 않는다.
군자 또한 일이 생기면 비로소 마음이 나타나고,
일이 지나고 나면 마음도 따라서 비워진다.

_채근담

하루는 백장선사百丈禪師가 제자 위산과 함께 밭일을 하고 있었다.

밭 한구석에 쪼그려 앉아 땀을 흘리며 밭을 매는 위산을 부른 백장선사가 대뜸 질문을 던졌다.

"위산아, 불佛이 있다고 생각하느냐?"

뜬금없는 스승의 질문에 위산은 당황했다. 그러나 머뭇거리지 않고 밭 건너에 있는 백장선사를 바라보며 대답했다.

"네, 있습니다. 스승님."

백장선사가 물었다.

"그래, 그럼 지금 어디에 있느냐?"

그 물음에 밭 주변을 잠시 둘러본 위산은 땅에 떨어진 나뭇가지를 들고 자세히 살펴보더니 스승에게 건네주며 말했다.

"여기 있습니다."

위산이 건넨 나뭇가지를 보고 백장선사가 말했다.

"허허, 벌레가 나뭇잎을 먹고 있구나. 하긴 만물의 본성이 불이거늘."

있으면 있고 없으면 없다

갠 날 푸른 하늘이 갑자기 변하여 천둥 번개가 치며,
거센 바람과 억수 같은 비도 홀연히 밝은 달 맑은 하늘이 되니
어찌 하늘의 움직임이 일정하겠는가? 그것은 하나의 털끝만한 막힘 때문이다.
사람 마음의 본체도 이와 같은 것이다.

_채근담

어느 날 한 수행자가 지장선사地臟禪師를 다짜고짜 찾아와서는 대뜸 물었다.

"스님, 극락과 지옥이 정말 있습니까?"

지장선사가 대답했다.

"있다."

수행자가 다시 물었다.

"그럼 불보佛寶와 법보法寶 그리고 승보僧寶는 있습니까?"

지장선사는 스스럼없이 대답했다.

"암, 있고말고."

그러자 수행자는 다시 여러 가지를 물었다. 그때마다 지장선사의 대답은 한결같이 모두 있다는 것뿐이었다. 그러자 수행자는 의심스런 얼굴로 지장선사에게 물었다.

"스님, 제가 묻는 것마다 모두 '있다 있다' 하면 틀리지 않습니까? 정녕 없는 것은 없습니까?"

이 말은 들은 지장선사가 수행자에게 되물었다.

"자넨, 여기 오기 전에 다른 이에게 배운 적이 있는가?"

그 물음에 수행자는 대답했다.

"네, 경산선사 밑에서 잠시 공부를 했습니다."

"그래, 경산께서는 뭐라고 가르치시던가?"

"네, 경산선사는 모든 것은 없다고 말하셨습니다."

이에 지장선사가 다시 수행자에게 물었다.

"그대는 처자식이 있는가, 없는가?"

수행자는 의아해 하는 얼굴로 대답했다.

"아내와 자식 둘이 있습니다."

"경산께는 아내가 있는가, 없는가?"

"없습니다."

이 대답을 기다렸다는 듯 지장선사가 수행자를 심하게 꾸짖으며 말했다.

"이제 알겠느냐? 없으면 없는 것이고 있으면 있는 것이야!"

깜짝 놀란 수행자는 무엇인가 깨달았는지 갑자기 지장선사에게 큰절을 하고 물러났다.

법문을 들었는데 왜 절을 하지 않느냐?

물은 물결만 일지 않으면 스스로 고요하고, 거울은 먼지가 끼지 않으면
스스로 밝은 것이다. 그러므로 마음도 애써 맑게 할 것이 아니라,
괴롭게 하는 것만 버린다면 절로 맑아질 것이다.
또한 즐거움도 굳이 찾을 것이 아니라,
괴롭게 하는 것만 버린다면 절로 즐거워질 것이다.

_채근담

하루는 황벽선사의 뒤를 이은 임제선사臨濟禪師가 제자를 가르치고 있었다. 제자가 임제선사에게 물었다.

"스승님, 진정한 불법이란 과연 무엇입니까?"

그 말은 들은 임제선사는 느닷없이 제자의 뺨을 후려치고는 땅바닥으로 밀어버렸다. 뒤로 벌러덩 넘어져 흙투성이가 된 제자는 마치 얼이 빠진 듯한 얼굴로 임제선사를 망연히 쳐다보았다. 그러자 옆에 있던 다른 스님이 그에게 넌지시 일러주었다.

"허허, 자넨 방금 높은 법문을 들었는데 왜 절을 하지 않느냐."

쌀 한 톨은
어디서 왔느냐?

내가 남에게 베푼 것은 마음에 새겨 두지 말고,
내 잘못은 마음 깊이 새겨 두어야 한다.
남이 네게 베푼 것은 잊지 말고,
내가 남에게 원한이 있거든 잊어버려야 한다.

_채근담

석상선사石霜禪師가 위산선사의 제자로 있을 때였다. 석상선사가 맡은 일은 절의 양식인 쌀을 관리하는 미두米頭였다.

어느 날 석상이 광 앞에서 키질을 하고 있었다. 그것을 본 위산선사가 말했다.

"석상아, 시주 받은 물품은 그 어느 것 하나라도 결코 소홀히 해서는 안 되느니라. 알겠느냐?"

"예, 스승님. 한 톨도 흘리지 않았습니다."

석상은 자신의 소임을 확실히 하고 있다는 듯이 대답했다. 그러자 위산선사가 땅바닥을 휙 둘러보더니만 한구석에 떨어져 있던 쌀 한 톨을 주워 들고는 석상을 꾸짖었다.

"이놈 석상아! 그럼 이 한 톨의 쌀은 어디서 온 것이냐?"

"……."

아무 대답을 못하는 석상을 빤히 쳐다보며 다시 위산선사가 말을 이었다.

"이놈아! 방금 한 톨의 쌀도 업신여기지 말라 하지 않았느냐! 여기 광에 쌓인 많은 쌀도 이 한 톨의 쌀에서 나온 것임을 정녕 모르느냐?"

가만히 이 말을 듣고 있던 석상선사가 감히 말대꾸를 했다.

"스승님, 많은 쌀이 이 한 톨에서 나왔다면, 그럼 이 한 톨의 쌀은 어디서 나왔습니까?"

이 말은 들은 위산선사는 껄껄껄 웃고는 멋쩍다는 듯한 표정을 짓더니 자신의 방으로 돌아갔다.

다투면 모자라고 양보하면 남는다

사람이 단지 사사로운 이익에만 빠져들다 보면
강직한 기질도 녹아 약해지고
지혜가 막혀 어두워질 뿐만 아니라,
인자한 마음마저 혹독해지고
결백한 뜻도 더러워져 인간의 본성을 깨뜨리게 된다.
옛 성현들이 탐욕을 멀리한 까닭은,
그것으로 일세一世를 초월할 수 있기 때문이다.

_채근담

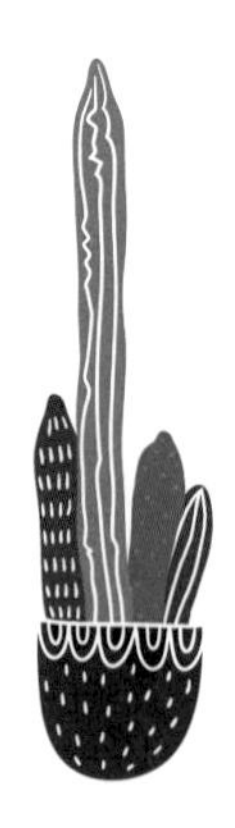

어느 날 한 신도가 절에 들렀다. 마침 대웅전 쪽으로 가다가 마주친 스님에게 합장을 하고는 이렇게 물었다.

"스님, 하나 여쭙겠습니다. 집에 작은 솥이 하나 있습니다. 평소에 떡을 찌면 셋이 먹기에는 많이 부족하고 열 사람이 먹는다고 덤비면 이상하게 아주 많이 남아돌기도 합니다. 스님은 이 일을 어찌 생각하시는지요?"

"……."

그 질문에 스님은 우물쭈물 답변을 하지 못하고 몹시 당황해 했다. 마침 그 옆을 지나가던 운거선사雲居禪師가 의미심장한 목소리로 한마디 던졌다.

"이보게, 서로 먼저 먹으려고 다투면 모자라는 법이고 서로서로 양보하면 남는 법이니라."

세속의 아침

물질이 정신을 지배하는
정신이 물질에 방향 잃는
요지경 세상
세속의 아침이 오기 전에

아직은 가야 하는 길이 남은
삶의 여정
그 시름의 황혼 기차를 타고
사악으로 속됨을 파는 상술의 바다를 피해
힘에 겨운 노를 젓고 싶다

새벽길 눈 비비며 외로이 나서는
신문배달 소년의 자전거를 타고
아무도 거들떠보지 않는
여명의 영혼 사르고 싶다

세속의 아침이 오기 전에
혼돈에 목숨 건 미몽에서 홀연히 깨어나
대문 앞 온갖 쓰레기 한데 모아 태우며
올바르지 못한 그릇된 생각 지우는
향기 나는 세수를 하고 싶다

_박치근

과거를 따라가지 말고
미래를 기대하지 말라.
한 번 지나가버린 것은 버려진 것
또한 미래는 아직 오지 않았다.

지나가버린 것을 슬퍼하지 않고
오지 않은 것을 동경하지 않으며
현재에 충실히 살고 있을 때
그 얼굴은 생기에 넘쳐 맑아진다.

오지 않을 것을 탐내어 구하고
지나간 과거사를 슬퍼할 때
어리석은 사람은 그 때문에
꺾인 갈대처럼 시든다.

_일야현자경 一夜賢者經

제 스승을 시험하지 마십시오

사람들을 보면 제각기 모든 것을 갖춘 이도 있고 갖추지 못한 이도 있는데
어찌 자기 혼자서만 갖추게 할 수 있겠는가?
또한 자기 마음을 보더라도 순할 때가 있고 순하지 않을 때가 있는데
어찌 다른 사람을 모두 따르게 할 수 있겠는가?
이처럼 다른 사람과 비교하여 균형을 잡는 일도
세상을 사는 한 방법일 것이다.

_채근담

하루는 조주선사의 제자인 혜각慧覺스님이 법안선사法眼禪師를 찾아뵈었다. 법안선사가 그에게 물었다.

"어디서 오는가?"

혜각스님이 대답했다.

"조주에게서 오는 길입니다."

조주선사의 제자라는 말에 구미가 당긴 법안선사가 눈을 번쩍거리며 다시 물었다.

"듣자 하니 조주선사께서는 정전백수자庭前柏樹子(뜰 앞의 잣나무)

라는 화두가 있다 하던데 그게 사실인가?"

혜각스님이 대답했다.

"스님, 그런 화두는 없습니다."

그 말에 법안선사가 의아한 얼굴로 물었다.

"아니, 그게 무슨 말인가? 그런 화두가 없다니. 오고 가는 선객들이 말하기를 조주선사에게 어떤 것이 조사서래의祖師西來意냐고 물어보면 바로 정전백수자라고 대답한다던데, 그대는 왜 없다고 말하는가?"

혜각스님이 말했다.

"실제로 그 같은 말씀을 한 번도 한 적이 없기에 드리는 말씀입니다. 스님, 제발 그런 말로 제 스승을 시험하지 말아주십시오."

사실 혜각스님은 조주선사가 말하는 정전백수자의 뜻을 훤히 꿰뚫고 있었기에 이런 대답을 할 수 있었다. 뻔히 있는 사실을 재미 삼아 물어본 법안선사의 검은 속내를 한마디로 나무라는 뜻이었다.

그 말에 법안선사는 아무 말도 하지 못했다.

코는 왜 잡아당깁니까?

고요한 가운데 생각이 맑으면 마음의 본체를 볼 수 있고,
한가한 가운데 기상이 조용하면 마음의 참된 기틀을 알게 되고,
담백한 가운데 마음의 뜻이 평온하면 마음의 참맛을 얻을 수 있다.
마음을 보며 도를 체득하는 데는 이 세 가지보다 나은 게 없다.

_채근담

석공선사石鞏禪師는 출가하기 전 활을 아주 잘 쏘기로 소문이 난 사냥꾼이었다. 하루는 그를 찾아온 서당西堂이라는 스님에게 물었다.

"이보게, 허공을 잡을 수 있겠는가?"

말이 떨어지자마자 서당이 명쾌히 대답했다.

"네, 잡을 수 있습니다."

"어허, 어떻게 허공을 잡을 수 있단 말인가?"

그러자 서당이 맨손을 들어 이리저리 휘저으며 허공을 잡는 시늉을 했다. 이 모습을 지켜보던 석공선사가 혀를 차며 나무랐다.

"쯧쯧, 그래 가지고 어디 진짜 허공을 잡을 수 있겠느냐?"

이에 서당이 되물었다.

"그럼 사형은 어떻게 허공을 잡는단 말입니까?"

말이 끝나기 무섭게 석공선사는 오른손으로 서당의 코를 잡고 힘껏 잡아 당겼다.

"사, 사형! 코는 왜 잡아당깁니까?"

비명을 지른 서당은 큰소리로 말했다. 그런 서당을 보며 석공선사가 태연스럽게 말했다.

"허허! 자고로 불도를 닦는 수행자는 허공을 이렇게 잡는 것이네."

네 놈이
보물이 아니더냐

군자는 마음 씀씀이를 하늘처럼 푸르게 하고
태양처럼 밝게 하여 모든 사람이 알 수 있도록 해야 한다.
그러나 자신의 재주와 지혜는 옥돌이 바위 속에 박혀 있고,
진주가 바다 깊이 잠겨 있는 것처럼
남들이 쉽게 알지 못하게 해야 한다.

_채근담

하루는 성질이 별나고 까다롭기로 알려진 대주스님이 마조선사馬祖禪師를 찾아왔다. 마조선사가 그를 보자마자 대뜸 물었다.

"어디에서 왔느냐?"

대주가 대답했다.

"월주에서 왔습니다."

마조선사가 물었다.

"여길 무엇 하러 왔느냐?"

"큰스님에게 큰 가르침의 지혜를 받으러 왔습니다."

말이 떨어지기 무섭게 대주스님을 향해 마조선사가 느닷없이 고함을 지르며 주장자拄杖子로 이마를 때렸다.

"예끼, 이놈아! 나에게서 무슨 얼어 죽을 지혜를 배울 수 있으리라 생각하느냐?"

이마를 얻어맞고 욕을 먹었는데도 대주스님은 별로 당황해하지 않았다. 이를 바라보던 마조선사가 다시 말을 이었다.

"이놈아! 너는 어째서 네 집에 있는 보물을 두고 남의 보물마저 빼앗으려 드느냐?"

이 말에 당황한 대주스님이 이해되지 않는다는 듯이 고개를 갸웃거리며 마조선사에게 물었다.

"아니, 스님! 제게 무슨 보물이 있다고 그러십니까?"

"그렇게 묻는 네놈이 보물이 아니면 대체 무엇이 보물이란 말이냐? 더구나 그 보물 안에는 모든 것이 부족함 없이 갖추어져 있으니 네 맘껏 그것을 사용할 수 있으며, 그 보물은 아무리 써도 바닥나지 않느니라. 그런데 굳이 바깥에서 찾아 헤맬 필요가 있겠느냐?"

마조선사의 말을 들은 대주스님은 그때서야 자신의 머릿속이 훤히 밝아오는 것을 느꼈다.

지혜가 사리불舍利弗보다 낫구나

귀는 마치 회오리바람이 골짜기에 소리를 울리게 하는 것과 같으니,
그저 지나가게 하고 담아두지 않으면 시비도 함께 사라진다.
마음은 마치 연못에 달빛이 비치는 것과 같은 것이니
텅 비게 잡아 두지 않으면 사물과 나를 모두 잊게 한다.

_채근담

중국의 선禪을 창출한 육조 혜능慧能의 법통을 이으면서 이를 생활에 실천했다는 이가 바로 위산선사潙山禪師이다.

하루는 위산선사가 선방에 누워 낮잠을 자는데 제자 앙산이 살며시 들어왔다. 그 소리에 위산선사는 잠에서 깼다. 그러나 위산선사는 앙산을 보자마자 전혀 개의치 않는다는 듯이 벽을 향해 돌아누웠다. 이를 이상히 여긴 앙산이 물었다.

"스님, 왜 그러십니까?"

위산선사는 벽을 향해 누운 채 대답했다.

"꿈을 꾸고 있었지. 무슨 꿈을 꾸었는지 알고 싶으냐?"

"……."

이 말을 들은 양산이 아무 말 없이 밖으로 나가더니 이내 커다란 대야에 찬물을 한가득 떠와 위산선사 앞에 내려놓으며 나직이 말했다.

"스승님, 찬물에 세수 좀 하시지요."

그 말에 위산선사가 벌떡 일어나 세수를 하기 시작했다.

바로 그때, 또 다른 제자 향엄이 선방 안으로 불쑥 들어오는 것을 본 위산선사가 다시 그에게 말했다.

"향엄아, 조금 전 내가 꿈을 꾸었는데 무슨 꿈이었는지 알고 싶지 않느냐?"

"……."

말이 떨어지기 무섭게 향엄 역시 아무 말 없이 밖으로 슬그머니 나갔다. 시간이 조금 흐른 뒤에 향엄이 차를 달여 가지고 왔다.

"스승님, 차나 한잔 하시지요."

찻잔을 바라보며 위산선사가 혼잣말로 중얼거렸다.

"허허, 두 녀석의 지혜가 사리불보다 낫구나."

내가 제일 먼저 간다

식어가는 등불에 불꽃이 없고, 해진 옷에 온기가 없다는 것은
모두 자연 섭리를 농락함이요, 몸이 고목과 같고
마음이 식은 재와 같음은 곧 적막 속에 떨어진 것이다.

_채근담

하루는 높은 자리에 올라 온갖 부귀영화를 누리고 있는 관료 한 사람이 조주선사趙州禪師를 찾아왔다. 그 관료는 평소 조주선사에 대한 세상 사람들의 평이 좋지 않다는 것을 알고 있던 터라 조주선사에게 넌지시 물었다.

"선사께서도 지옥에 갑니까?"

조주선사가 스스럼없이 대답했다.

"암, 가고 말고!"

그러자 관료는 믿기지 않는다는 투로 물었다.

"정말 지옥에 가는 겁니까?"

"허허, 내가 제일 먼저 간다고 해야 믿겠는가?"

"그렇다면 선사께서는 어떤 이유로 지옥에 간답니까?"

조주선사가 그 관료를 빤히 바라보며 말했다.

"내가 지옥에 가지 않는다면 어떻게 당신 같은 사람을 볼 수 있겠는가. 안 그런가?"

조주선사의 말이 채 끝나기도 전에 얼굴을 벌겋게 붉힌 관료는 마치 선불 맞은 멧돼지처럼 황급히 도망쳐 나왔다.

어떤 것이
큰 도道입니까?

길고 짧음은 한 생각에 말미암고, 넓고 좁음은 한 마음에 달려 있다.
그러므로 마음이 한가한 사람은 하루가 천 년보다 길고,
뜻이 넓은 사람은 한 칸의 방이 하늘과 땅 사이만큼 넓다.

_채근담

어느 날 초경선사招慶禪師에게 어떤 스님이 정중하게 물었다.

"스님, 불경에서 말하기를 '수행자가 큰 도를 깨달아 행하고자 한다면 어떤 경우에도 작은 길을 엿보지 말라'고 했습니다. 그러면 어떤 것이 큰 도입니까?"

초경선사가 말했다.

"일러주면 그대로 행할 수 있겠는가?"

그 스님이 흔쾌히 대답했다.

"물론입니다. 일러주신 그대로 반드시 행할 것입니다."

이에 초경선사가 스님을 빤히 바라보며 재차 물었다.

"정말 그럴 수 있겠느냐?"

"네, 스님!"

스님의 대답은 단호했다. 그러자 초경선사가 스님을 지그시 바라보며 말했다.

"그대에게 그걸 말해주면 큰 길과 어긋나게 해주는 것이니라. 그래도 듣겠느냐?"

한 마디 말도 못한 스님은 알 듯 모를 듯한 표정으로 그냥 멍하니 초경선사를 바라볼 뿐이었다.

왜 급하게
돌아가려느냐?

명리의 다툼질은 남들에게 모두 맡겨서 그들 모두가 취하더라도 미워하지 말고,
고요하고 담박함은 내가 즐거워하되 홀로 깨어 있음은 자랑하지 않아야 한다.
이는 불교에서 이르는, 법法에도 매이지 않고 공空에도 매이지 않아
몸과 마음이 더 자유로운 사람이다.

_채근담

하루는 현각스님이 처음으로 육조 혜능선사慧能禪師를 찾아왔다. 현각스님은 선사들이 갖고 다니는 지팡이를 짚고 좌정해 있는 혜능선사의 주위를 세 바퀴나 돌았다. 그리고 한곳에 걸음을 멈추고 서더니 아무 말 없이 혜능선사를 바라보았다. 그러자 혜능선사가 말했다.

"이놈! 중에게는 삼천 가지의 몸가짐과 팔만 가지의 계율이 있는 줄 모르느냐? 너는 어디서 무엇을 어떻게 배워먹었기에 그리 오만하고 이리도 무례한 것이냐?"

말이 떨어지자마자 현각스님이 대뜸 말했다.

"스님, 사람의 생사生死란 단지 한 호흡의 차이일 뿐이며 만물은 너무도 빨리 변합니다. 하지만 저는 그런 번거로움에 연연하지 않습니다."

그 말에 혜능선사가 물었다.

"그렇다면 왜 도를 깨달아 번뇌를 없애려 하지 않느냐?"

"스님, 외람되지만 도란 본래 생겨나지도 없어지지도 않는 걸로 알고 있습니다. 온 세상 만물도 본래 시간을 초월한 존재가 아닌지요?"

"허허! 그놈 주둥이는 아주 제대로 살아있구나."

혜능선사는 자신의 물음에 시원스레 대답하는 현각에게 공부를 꽤 했다고 칭찬을 했다. 잠시 후, 현각스님이 이제 그만 물러나겠다고 인사를 올리고 돌아서려고 하자 혜능선사가 마지막으로 물었다.

"왜 급하게 돌아가려고 하느냐?"

"스님, 저는 스님을 뵌 후 여태껏 움직이지 않았는데 어찌 급하게 간다고 생각하십니까?"

"허허! 그놈 참, 주둥이 하나는 제대로 빛이 나는군."

자네 발끝에 있지 않느냐

뽐내고 오만한 것 중에 객기가 아닌 것이 없으므로
객기를 물리친 뒤에야 바른 기운이 자랄 수 있다.
욕망과 사사로운 탐욕은 모두가 망상이므로
이런 마음을 물리친 뒤에야 진심이 나타나게 된다.

_채근담

어느 날 한 선사禪師에게 한 수행자가 정중히 물었다.

"스님, 천상천하 유아독존이란 무엇입니까?"

선사의 대답은 지극히 간단명료했다.

"천상천하 유아독존이란 자기 자신보다 남들을 위해 힘쓰는 것이니라."

그러자 옆에서 이를 조용히 듣고 있던 또 다른 수행자가 선사에게 물었다.

"스님, 부처님께서 이 땅에 오신 것은 그렇다 하더라도……. 그럼 부처님은 지금 어디에 계십니까?"

말이 끝나기 무섭게 선사는 막힘없이 대답했다.

"어디에 있긴…… 자네 발끝에 있지 않느냐."

지금 바람을 보고 있느니라!

얽매임과 벗어남은 오직 자기 마음에 달려있는 것이니
마음에 깨달음이 있으면 푸줏간과 주막도 극락정토요,
그렇지 못하면 비록 거문고와 학을 벗 삼고 꽃과 풀을 가꾸어
그 즐거움이 맑을지라도 끝내 악마의 방해가 있을 것이다.
옛말에 이르기를 '버릴 줄 알면 티끌 세상도 선경이 되고
깨달음을 얻지 못하면 절에 있어도 곧 속세다'라고 했으니, 실로 명언이다.

_채근담

포주蒲州 마곡산에 보철선사寶徹禪師가 살고 있었다.

어느 무더운 여름날, 보철선사가 좌선을 한 채 부채질을 하고 있는데 한 수도승이 찾아와 가르침을 청했다.

"스님, 저는 바람이 언세 어디에나 있나는 사실을 알고 있습니다. 그렇지만 누구나 다 알고 있는 일반적인 말보다 좀 더 깊이가 있는 대답을 듣고 싶습니다. 스님, 바람이 지금 이곳에 있다는 사실을 정말 알고 싶습니다. 꼭 일러주십시오, 스님!"

보철선사는 수도승이 질문을 하고 있는 동안은 잠시 부채질을 멈추었다. 하지만 수도승의 질문이 끝나자마자 아무 말 없이 크게 고개만 끄덕인 보철선사는 다시 부채질을 하기 시작했다. 수도승이 보철선사를 물끄러미 바라보며 물었다.

"스님, 왜 아무 말씀이 없으십니까?"

"……."

그래도 보철선사는 대답은커녕 그저 부채질을 더욱 세차게 보여줄 뿐이었다.

"너는 지금 바람을 보고 있느니라."

"네? 지금 바람을 보고 있다뇨? 스님, 대체 바람이 어디 있단 말입니까?"

황당해하는 표정이 역력한 수도승은 연신 주위를 두리번거리고 있었다.

"허허, 지금도 바람이 불고 있거늘!"

보철선사의 부채질이 바로 그 질문의 말 없는 대답이었다.

마음도 없고 도道도 없다

가득 차 있는 곳에 있는 사람은 마치 물이 넘치려다가 아직 넘치지 않음과 같아서
다시 한 방울이 더해지는 것도 간절히 꺼리고, 위급한 자리에 있는 사람은
마치 나무가 꺾이려다가 아직 꺾이지 않음과 같아서
조금 더 눌려지는 것도 간절히 꺼린다.

_채근담

어느 날 한 제자가 결가부좌를 틀고 있는 대주선사大珠禪師에게 물었다.

"스승님, 스승님께서는 어떤 마음으로 도를 닦으십니까?"

대주선사가 말했다.

"이놈아! 나는 그 어떤 마음도 없고 닦을 도도 없느니라."

그러자 제자는 약간 실망한 듯한 표정을 짓더니 따지는 투로 다시 물었다.

"스승님, 그러면 왜 매일같이 저희들에게는 마음을 갈고 도를 닦아야 한다고 말씀하십니까?"

말이 끝나기 무섭게 제자를 빤히 바라본 대주선사는 다시 능글맞은 얼굴로 말했다.

"이놈아! 도대체 무슨 소리를 하는 게냐? 내 것 챙기기도 하루 종일 바빠 죽겠는데 언제 내가 너희들 것까지 어떻게 일일이 챙겨 주겠느냐! 고얀 놈들 같으니라고!"

그 대답에 제자는 고개를 푹 숙였다.

미망과 집착

사물의 이치인 사리에 어두워
좌충우돌 갈피를 잡지 못하고
방황하는 정신상태가 미망이다

아무 이유 없이 중심을 잃고 흔들릴 때
미망은 심장 한편에 독버섯처럼 똬리를 튼다

미망을 부르는 것은 집착이다
집착은 화를 부르며
결코 소유할 수 없는 것들에 대한
지나친 욕심이다

선선히 버려야 할 것들을 버리지 못할 때
집착은 기승을 부리고 활개를 친다

버려도 좋은 것은 아무 생각 없이
그냥 버리는 것이 백번 낫다

미망과 집착에서 벗어날 때
비로소 우리는 자신을 구원할 수 있다

_박치근

항상 새벽처럼 깨어 있어라.
부지런히 노력하는 것을 즐겨라.
자기의 마음을 지켜라.
자기를 위험한 곳에서 구출하라.
진흙에 빠진 코끼리가 자신을 끌어내듯.

_법구경 法句經

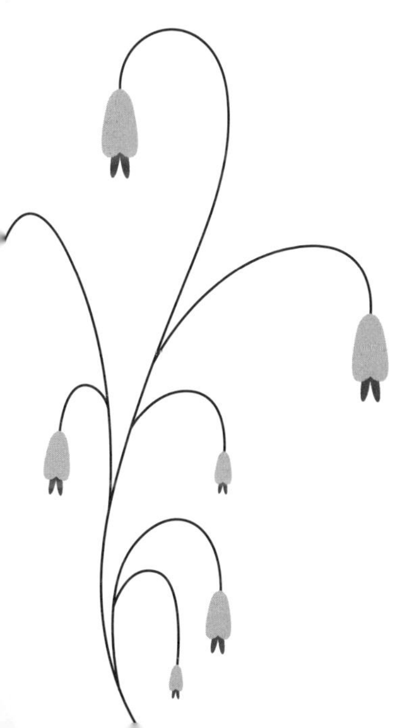

지금이라는 시간은 멈춘 적이 없다

입은 곧 마음의 문이다.
그러므로 입 지키기를 엄하게 하지 않으면
진정한 기밀이 모두 새어나간다.
뜻은 곧 마음의 밭이다.
그러므로 뜻 막기를 엄하게 하지 않으면
비뚤어진 길로 달아나게 된다.

_채근담

어느 날 운거선사雲居禪師에게 어떤 신도가 물었다.

"선사님, 귀에 들리지 않는 소리가 때론 눈으로 들릴 때가 있습니까?"

그러자 운거선사가 그에게 되레 물었다.

"너는 소리를 눈으로 듣느냐?"

그가 대답했다.

"선사님, 듣는 것은 눈이 아니지 않습니까?"

운거선사가 말했다.

"눈이 들으면 눈이 아니라고 해야지."

그 말에 옆에 있는 한 스님이 운거선사에게 물었다.

"선사께서는 전혀 듣는 사람이 없어도 설법을 하십니까?"

운거선사가 무념한 얼굴로 대답했다.

"지금이라는 시간은 결코 멈춘 적이 없다."

그 스님이 재차 물었다.

"선사님, 그럼 어떤 사람들이 듣습니까?"

운거선사가 예의 무념한 얼굴로 대답했다.

"말하지 않는 사람이 듣는다."

그 대답에 스님이 고개를 갸웃거리며 다시 물었다.

"선사께서는 들으십니까?"

그 물음에 운거선사는 눈을 지그시 감으며 대답했다.

"들으면 말하는 것이 아니다."

지금 이름을 지어주지 않았습니까

몸은 매어 놓은 배와 같아서
흘러가고 멈추는 데 맡겨 둘 일이고,
마음은 이미 재가 된 나무와 같은 것이니
쪼개건 향을 칠하건 아랑곳하지 말 일이다.

_채근담

당나라 때 재상을 지낸 배휴裴休가 금불상을 하나 들고 황벽선사黃檗禪師를 찾아왔다. 황벽선사를 만난 배휴는 선사 앞으로 금불상을 불쑥 내밀며 한 가지 청을 했다.

"선사님, 바라옵건대 이 금불상의 이름을 지어 주십시오."

말 떨이지기 무섭게 황벽신사가 대뜸 "배휴!" 하고 새상의 이름을 불렀다. 배휴는 갑자기 자기의 이름을 부르는 것에 별로 개의치 않고 간명하게 "예!"라고 대답한 채 눈만 멀뚱멀뚱거렸다. 이어 황벽선사가 말했다.

"이제 되었습니까, 재상?"

이에 배휴는 무엇이 되었냐는 듯 고개를 갸웃거리며 황벽선사를 빤히 쳐다보았다. 그러자 황벽선사가 배휴를 지그시 바라보며 말했다.

"재상, 지금 이름을 지어주지 않았습니까."

그 말에 고개를 끄덕인 배휴는 환한 얼굴로 돌아갔다.

오늘에야
그 발에 채였구나

적막함을 즐기는 사람은 흰 구름과 그윽한 돌을 보고
깊은 진리를 깨달으며, 영화를 쫓는 사람은
맑은 노래와 묘한 춤을 보고 싫증을 안 내니,
오직 스스로 깨달은 선비라야 시끄러움과 고요함,
번창함과 쇠퇴에 상관없이 가는 곳마다
마음에 안 맞는 세상이 없을 것이다.

_채근담

어느 날 소산스님이 암두선사巖頭禪師를 만나러 왔다. 선방에 앉아 있던 암두선사는 소산을 보자마자 고개를 떨구며 자는 척했다. 그 모습을 이상스럽게 여긴 소산스님은 암두선사 옆으로 가까이 다가앉아 오랫동안 가만히 있었다. 하지만 암두선사는 아무 일도 없다는 듯 꼼짝하지 않았다. 그리고 한참이 지났다.

소산스님은 졸고 있는 암두선사 앞에 놓인 협탁을 손가락으로 두드린 후 손을 한 번 크게 휘저었다. 그제야 잠에서 깬 듯한 표정을 한 암두선사가 소산 쪽으로 고개를 돌리며 말했다.

"소산, 지금 무엇을 하는가?"

"아무 일도 없었으니 선사께서는 좀 더 푹 주무십시오."

아무렇지도 않다는 듯이 대꾸하는 소산스님을 보며 암두선사가 크게 웃으며 말했다.

"허허허, 내가 30여 년 동안 말 타기를 익혔는데 오늘에서야 그 발에 채였구나."

어서 가서
네 밥그릇이나 씻어라

마음의 수양은 마땅히
백 번을 단련하는 쇠붙이처럼 해야 한다.
급하게 이루어지는 것은 깊은 수양이 아니다.
일을 할 때는 천 균鈞이나 나가는 무거운 활로
목표물을 겨냥하듯이 신중을 기해야 한다.
가벼이 한다면 큰 업적을 이룰 수 없다.

_채근담

선방禪房에 들어온 지 얼마 되지 않은 제자가 어느 날 마주친 조주선사趙州禪師에게 물었다.

"스님, 저는 아직도 도道가 무엇인지 도통 모르겠습니다. 그리고 아무리 해도 그 실체가 손에 잡히지 않습니다. 스승님께서 진정한 도에 대해 한마디만 일러 주십시오."

이 말을 들은 조주선사가 제자를 빤히 바라보며 되레 물었다.

"아침밥이나 먹었느냐?"

스승의 뜬금없는 질문에 제자는 그만 얼떨결에 "네." 하고 대답했다. 그러자 조주선사가 대뜸 큰소리로 호통을 치며 말했다.

"이놈아! 그럼 쓸데없는 생각하지 말고 어서 가서 네 밥그릇이나 씻어라!"

그 소리를 따라 가거라

글자를 하나도 모를지라도
시를 아는 사람은 시인의 참멋을 알 것이요,
참선을 한 번도 듣지 않았어도 선의 맛을 지닌 사람은
선의 깊은 진리를 깨닫는다.

_채근담

하루는 이제 막 사미계를 받은 한 스님이 현사선사玄沙禪師에게 물었다.

"스님, 저는 이제 막 산문山門에 들어왔습니다. 제게 선문禪門에 들어가는 깨달음과 지혜를 가르쳐 주십시오."

그러자 현사선사는 대답 대신 그 스님에게 되레 물었다.

"지금 저 골짜기에 흐르는 물소리가 들리느냐?"

그 스님이 대답했다.

"예. 잘 들립니다, 스님."

“그럼 아무 생각 말고 저 소리를 따라 가거라!”

그 말 한 마디에 스님의 얼굴이 환한 보름달처럼 밝아졌다.

아무것도
감춘 것이 없다

산속의 샘물가 사이를 거닐면
티끌 같은 마음이 점차 없어지고,
시서와 그림 속에 노닐면 속된 기운이 사라진다.
그러므로 군자는 비록 사물에 빠져도 뜻을 잃지 않거니와
또한 항상 아름다운 경지를 빌어 마음을 바로잡아 나간다.

_채근담

황산곡黃山谷은 당대의 유명한 시인이다.

그가 회당선사晦堂禪師와 함께 참선을 마친 뒤 질문을 했다.

"스님, 공자의 『논어』를 보면 '나는 너희들에게 아무것도 감춘 것이 없다'고 쓰여 있습니다. 그걸 읽다보면 마치 선禪 같다는 생각이 듭니다."

이 말을 듣고 잠시 생각을 한 회당선사는 아무 말 없이 법당을 나섰다. 그러자 황산곡은 무슨 말이라도 들을까 싶어 황급히 회당선사의 뒤를 따랐다.

법당을 벗어나 작은 산길로 접어든 회당선사와 황산곡은 어깨를 나란히 하고 걸었다. 그러던 중 길섶에 이름 모를 많은 꽃들이 활짝 피어 향기를 내뿜고 있는 것을 본 회당선사가 말했다.

"어떻습니까, 코끝을 간질이는 꽃향기가 정말 좋지 않습니까?"

황산곡이 대답했다.

"예, 아주 좋습니다."

그러자 회당선사가 꽃을 가리키며 말했다.

"자, 저 꽃들을 보시지요. 아무것도 감춘 것이 없지 않습니까."

'할' 다음엔
무슨 말을 할 텐가?

지금 사람들은 오로지 생각을 없애려고 애를 쓰나 결국 없애지 못한다.
그러니 앞의 생각을 마음에 두지 말고, 뒤의 일을 섣불리 추측하지 말며,
단지 현재의 일을 충실하게 처리해 나가면 차츰 무념無念의 경지로 들어가게 된다.

_채근담

어느 날 황벽선사의 제자 목주에게 한 스님이 찾아왔다.

"어디서 왔는가?"

처음 본 스님을 향해 목주가 물었다. 그러자 그 스님은 난데없이 "할喝!" 하고 외쳤다.

'할'은 선사들이 제자를 준엄하게 꾸짖거나 말로 표현할 수 없는 어떤 상황, 그리고 학인들의 어리석음을 일깨우기 위해 소리치는 방법이다. 그러자 목주가 말했다.

"허허, 내가 보기 좋게 한 방 먹었구먼."

이에 기분이 좋아진 듯한 표정으로 변한 그 스님이 의기양양하게 다시 한 번 더 크나큰 목소리로 '할'을 외쳤다. 그러자 이번에는 목주가 어이가 없다는 듯한 표정으로 말했다.

"이놈아! 그렇게 세 번, 네 번 '할'을 외친 다음엔 무엇을 할 텐가?"

갑작스럽게 자신에게 돌아오는 질문에 그 스님은 미처 대답을 못하고 머뭇거렸다. 그러자 목주가 그 스님을 한 대 후려갈기며 말했다.

"예끼! 이 멍청한 놈아!"

절을 하는데 왜 때리십니까?

고요함을 좋아하고 시끄러움을 싫어하는 사람은
흔히 사람을 피하여 고요함을 찾는데, 그 뜻이 사람 없음에 있다면
곧 자아에 사로잡힘이 되는 것이다. 마음이 고요함에만 집착한다면
이것이 바로 어지러움의 뿌리가 된다는 사실을 모르는 것이니,
어찌 남과 나를 하나로 보고 움직임과 고요함을
모두 잊는 경지에 도달하겠는가?

_채근담

어느 날 덕산선사德山禪師가 여러 스님이 모인 자리에서 말했다.

"잘 새겨듣도록 하라! 입을 열어 물어보아도 틀리고, 묻지 않아도 틀리는 법이니라."

무슨 말인지 어리둥절해하고 있던 스님들 중에서 한 스님이 넙죽 엎드리며 덕산선사에게 절을 올렸다. 이를 보던 덕산선사가 대뜸 그 스님의 머리를 후려쳤다. 그러자 그 스님이 대들다시피 하며 말했다.

"스님, 절을 하는데 왜 때리십니까?"

말이 떨어지기 무섭게 덕산선사는 큰소리로 그를 꾸짖었다.

"네가 입을 열도록 기다려 무엇을 하겠느냐?"

어느 것이 좋고
어느 것이 나쁜가

마음속에 바람과 물결이 없으면 이르는 곳마다
모두 푸른 산 푸른 물이요
천성 가운데 만물을 포용하는 기운이 있으면
이르는 곳마다 물고기 뛰놀고 솔개가 나는 것을 볼 것이다.

_채근담

하루는 반산보적선사盤山寶積禪師가 거리로 나갔다가 푸줏간 앞에서 멈추었다.

마침 한 사람이 고기를 사러 와서 주인에게 주문하는 과정을 지켜보게 되었다.

"주인장, 돼지고기 좋은 것으로 한 근만 주시오."

그러자 주인은 쥐고 있던 칼을 도마에 내리꽂으며 되물었다.

"아니, 손님. 어느 것이 좋은 고기고, 어느 것이 좋지 않은 고기란 말입니까?"

이 말을 듣는 순간, 반산보적은 깨우치는 것이 있었다.

또 며칠 뒤에는 다른 길을 가고 있었다. 한참을 지나가는 중에 이번에는 상여 행렬을 만났다. 앞소리를 하는 상두꾼이 "붉은 해는 기어이 서산으로 넘어가니 혼백은 어디로 가는지 모르겠네." 하며 가는데 그 뒤를 따르며 "아이고! 아이고!" 하는 상주의 곡소리를 듣는 순간 또 크게 깨달았다고 한다.

옛 부처는 뭐 하러 찾나?

세상의 모든 것은 허상으로 본다면,
부귀공명은 물론 내 육신까지도 잠시 빌린 것에 불과하다.
세상의 모든 것을 실상으로 본다면,
부모 형제는 물론 세상 만물이 나와 한 몸이 아닌 것이 없다.
세상이 허상임을 알고 만물이 나와 한 몸임을 깨닫는다면,
비로소 세상의 짐을 맡아 이끌어 나갈 수 있고
세상의 속박에서 벗어날 수가 있다.

_채근담

어느 날 한 스님이 혜충선사慧忠禪師의 명성을 듣고 찾아왔다. 그 스님은 늘 다른 스님을 만날 때마다 이렇게 물었다.

"스님, 비로자나불毘盧遮那佛●의 본체가 무엇입니까?"

하여 그 스님은 혜충선사에게도 여지없이 같은 질문을 던졌다. 그러나 혜충선사는 들은 척도 않고 딴소리를 했다.

"거기 물병이나 좀 갖다 주게나."

스님이 그 물병을 혜충선사에게 건네자 혜충선사는 다시 그 스님에게 말했다.

"도로 제자리에 갖다 놓아주게나."

그러자 그 스님은 혜충선사가 자신의 질문을 듣지 못했다고 판단하고는 예의 같은 질문을 다시 했다.

"스님, 비로자나불의 본체는 무엇입니까?"

"허허! 옛 부처는 뭐 하러 찾을꼬."

● 비로자나불_ 모든 부처님의 진신(眞身 : 육신이 아닌 진리의 모습)인 법신불(法身佛). 이 부처님은 보통 사람의 육안으로는 볼 수 없는 광명(光明)의 부처이다.

비움의 지혜

뜨거운 가슴에 미움을 담고 사는 사람은
결코 진실 어린 사랑을 껴안을 수 없다
비워야 한다

미움을 비울 때
사랑은 비로소 제자리를 찾는다

한껏 사랑하기에도 짧은 게 우리네 인생이다
미움을 비우지 못하면
무관심이 우리를 미워하게 된다

마음의 독이 될 수 있는 무관심이
미움보다 더 무겁고 버겁다

비운다는 건
또 다른 관심을 볼 수 있는 깨달음이며 지혜다

미움과 무관심으로 방황하는
우리네 삶이
향기롭지 못한 일상을 사는 이유는
비울 때 비우지 못하는 아둔함보다
미련으로 삶의 거울을 보는 편집 때문이다

비울 수 있을 때 기꺼이 비우자

그 시기를 놓치면
부질없는 탐욕만이 활개를 치는
영혼이 없는 미친 세상이 된다

_박치근

이런 대로 저런 대로 되어 가면 되는 대로
바람이 부는 대로 물결이 치는 대로
밥이면 밥대로 죽이면 죽대로 살고
옳으면 옳고 그르면 그른 대로 보고
손님 접대는 집안 형편대로 하고
사고파는 거래는 세월대로 하고
세상만사 내 맘대로 안 돼도
그렇고 그런 세상 그런 대로 보내네.

_부설거사浮雪居士 팔죽시八竹詩

이게 불씨가 아니면 무엇이냐?

일을 급히 서두르면 명백해지지 않고, 너그럽게 하면 저절로 밝혀지니
조급하게 굴어 그르치지 말라. 사람을 부리려고 할 때
순종하지 않는 자가 있다면, 가만히 놓아두면 스스로 감화되는 수가 있으니
심하게 단속하여 그 고집을 더하게 하지 마라.

_채근담

하루는 백장선사가 어린 제자 위산에게 물었다.

"위산아, 너는 누구냐?"

위산이 대답했다.

"저는 고명한 스승님의 제자 위산입니다."

백장선사가 손가락으로 곁에 놓인 화로를 가치기며 어린 제자 위산에게 물었다.

"위산아, 화로에 불이 있느냐?"

어린 위산은 부지깽이를 들고 화로 속을 뒤적거렸다. 한참 동안 이리저리 잿더미 속을 살펴본 위산이 스승 백장선사를 바라보며 말했다.

"스승님, 불이 꺼져 불씨를 찾을 수 없습니다."

제자 위산의 말을 들은 백장선사는 부지깽이로 화로를 직접 뒤적거렸다. 그러더니 얼마 후, 아주 작은 불씨 하나를 찾아내 부지깽이로 집어 올리며 말했다.

"이놈 위산아! 이게 불씨가 아니라면 무엇이란 말이냐?"

백장선사는 제자 위산에게서 크게 될 수 있는 자질을 발견했지만, 위산은 자신이 남처럼 뛰어나지 않다고 생각했던 것이다.

그동안 위산은 자기 안에 작은 불씨가 있다는 사실을 모르고 있었다. 아니, 어쩌면 그 불씨를 발견하고도 그것이 불길이 될 수 있다는 것조차 모르고 있었는지도 모른다.

은쟁반에 눈을 담다

마음을 아직 꽉 잡지 못했거든
마땅히 시끄러운 속세에서 발길을 끊어
내 마음이 하고 싶은 것을 보지 못하도록 함으로써
마음을 어지럽히지 않도록 하고, 내 고요한 심성을 맑게 하라.
마음을 굳게 잡았거든 마땅히 속세로 뛰어들어
내 마음으로 하여금 하고 싶은 것을 보더라도
마음이 어지럽히지 않도록 하여 내 활동을 원활하게 하라.

_채근담

파릉선사巴陵禪師는 호남성 파릉현 신개원에 살면서 선禪을 드높인 스님이다.

하루는 그를 찾아온 한 수행자가 아주 원론적인 질문을 하나 불쑥 던졌다.

"스님, 선이란 정말로 무엇을 말합니까?"

이때 파릉선사의 대답은 아주 간단명료했다.

"한 점 녹슬지 않은 은쟁반에 눈을 담는 것이지."

세상에서
제일 큰 법문

귀로는 항상 귀에 거슬리는 말을 듣고,
마음속에는 항상 마음에 거리끼는 일이 있다면
이것이야말로 덕과 행실을 닦는 숫돌이 될 것이다.
만약 말마다 귀를 기쁘게 해주고, 일마다 마음을 즐겁게 해준다면
그것은 곧 인생을 무서운 독을 품고 있는 짐鴆새 속에다 파묻는 것과 같다.

_채근담

하루는 장안에 설법을 잘하기로 이름이 나있는 부대사傅大士 스님을 양나라 무제武帝가 황궁으로 초대했다. 부대사의 설법을 듣기 위해서였다.

황궁에 도착한 부대사는 왕의 부탁이라 거절하지 못하고 단상에 올라가 아무 말 없이 난상 앞에 섰다. 그러곤 별안간 두 주먹으로 단상을 힘껏 내리치고 곧바로 내려와 버렸다.

이때 양 무제는 법당에 앉아 있었는데 갑작스레 들린 "쾅!" 하는 천둥치는 소리에 놀라 그만 뒤로 넘어져버렸다. 당황한 양 무

제는 옆에 서 있는 대신들을 둘러보았다. 대신들 표정 또한 매한가지였다.

내심 기대했던 법문을 듣지 못하고 어이없는 일을 당한 양 무제가 난감한 표정을 지을 때였다. 바로 그 옆에 앉아 있던 한 스님이 양 무제에게 말했다.

"폐하, 잘 들으셨습니까?"

도대체 무슨 뜻인지 모르겠다는 표정을 짓고 있는 양 무제를 바라보며 그 스님은 다시 말을 이었다.

"폐하, 폐하께서는 지금 이 세상에서 제일 큰 법문을 들으셨습니다."

2장

누가 그대를 속박하고 있는가

그 무엇에도 얽매이지 말라.
자신의 마음을 스승으로 삼아라.
스스로 잘 추슬러 갈고닦으면
참으로 얻기 어려운 스승을 만날 수 있다.

손댈 만한 곳이 전혀 없다

냉정한 눈으로 사람을 보고 냉정한 귀로 말을 들으며
냉정한 정으로 일에 대응하고 냉정한 마음으로 도리를 생각하라.

_채근담

어느 날 한 스님이 조산선사曹山禪師를 찾아왔다. 스님은 예를 다해 정중하게 물었다.

"스님, 나라 안에서 칼을 빼들 만한 사람은 누가 있습니까?"

조산선사가 대뜸 대답했다.

"바로 나다!"

스님이 물었다.

"누구를 죽이려고 하십니까?"

말이 떨어지기 무섭게 조산선사가 말했다.

"무엇이든 닥치는 대로 죽이려 한다."

조산선사의 대답이 해괴하다고 여긴 스님이 다시 물었다.

"스님, 갑자기 전생의 부모를 만난다면 어찌하시겠습니까?"

"가리지 않을 것이다."

이에 그 스님이 다시 물었다.

"만약에 스님 자신을 만난다면 어찌하시겠습니까?"

그러자 조산선사가 스스럼없이 말했다.

"이놈아! 누가 나를 감히 죽일 수 있단 말인가?"

그 말에 스님이 표정을 굳히며 물었다.

"스님, 아니 왜 죽일 수 없단 말입니까?"

그러자 조산선사가 껄껄껄 웃으며 대답했다.

"손댈 만한 곳이 전혀 없기 때문이다."

그 얼굴에
침을 뱉어라

생각이 깊은 사람은 자신뿐 아니라 남에게도 후하여 이르는 곳마다 다 두텁다.
생각이 얕은 사람은 자신뿐 아니라 남에게도 박하여 부딪치는 일마다 척박하다.
그러므로 군자는 평소 좋아하는 것을 너무 짙게 해서는 안 되고,
너무 묽게 해서도 안 된다.

_채근담

하루는 어떤 수행자가 절의 법사法師를 따라 법당 안으로 들어갔다. 안을 둘러보던 수행자가 대뜸 부처를 향해 침을 뱉었다. 그걸 본 법사가 수행자를 향해 준엄하게 꾸짖었다.

"거참, 버릇이 없구나! 수행자인 주제에 감히 신성한 부처님께 침을 뱉다니!"

그 말에 수행자가 되물었다.

"그럼 저에게 부처님이 없는 곳을 가르쳐 주십시오. 거기에 침을 뱉겠습니다."

당당한 수행자의 말에 법사는 아무런 대꾸도 못했다.

이 이야기를 전해들은 앙산선사仰山禪師가 제자에게 그 법사에게 가서 일러주라며 이렇게 말했다.

"그땐 아무 말 없이 그 수행자 얼굴에 침을 뱉으라고 해라. 만약 그 수행자가 무어라 말하며 대들거든 '나에게 수행자 없는 곳을 가르쳐주면 그곳에 침을 뱉으리라'고 했어야 하느니라."

옷 한 벌 시주하시오

인생은 원래 하나의 꼭두각시놀음이니 오직 그 밑뿌리를 손에 쥐고 있어야 한다.
한 가닥의 줄도 헝클어짐이 없어야 하고, 감고 풀어짐이 자유롭게 나아가고 멈춤이
내게 있어서 털끝만큼도 남의 간섭을 받지 말아야
문득 이 놀이마당에서 벗어날 수 있다.

_채근담

어느 날 당나라 스님 보화普化가 신도들에게 이렇게 말했다.

"누가 나에게 옷 한 벌 시주해 주시오."

이 말을 들은 신도들은 너 나 할 것 없이 분주하게 움직여 화려하고 질 좋은 옷감을 떠다가 정성껏 옷을 지어 가지고 갔다.

며칠 동안 소문이 어떻게 퍼졌는지 여러 신도들이 가져온 의복이 법당 한구석에 수북하게 쌓였다. 하지만 마침 그곳을 지나가던 보화는 그 많은 의복들을 거들떠보지도 않았다. 오히려 고개를 가로저으며 말했다.

"나에게 이런 옷은 필요 없으니 다시 가지고들 가시라 해라."

그 말만 남기고 처소 안으로 들어간 보화는 그만 벽을 향해 돌아 앉아버렸다.

이 소식을 전해들은 임제선사는 고개를 끄덕였다. 그리고 잠시 후, 한 제자를 불러 마을의 목수에게 서둘러 관棺을 하나 짜도록 했다.

며칠 후 임제선사는 그 관을 가지고 보화의 처소로 가서 이렇게 말했다.

"자, 그대를 위해 새 의복 한 벌 마련했소이다. 마음에 드시오?"

그때서야 보화의 얼굴에 만면의 미소가 가득했다.

마음이 곧 부처다

새소리나 벌레소리는 모두 마음과 마음을 전해주는 비결이고,
꽃잎과 풀잎도 진리를 나타내는 글이 아닌 게 없다.
배우는 자는 마땅히 마음을 맑게 하고 가슴을 영롱하게 하여
듣고 보는 것마다 모두 마음에 깨닫는 바가 있어야 한다.

_채근담

마조선사의 많은 제자 중에 대매大梅라는 제자가 있었다.

하루는 대매가 스승인 마조선사에게 "스승님, 무엇이 부처입니까?"라고 물었다.

이에 마조선사는 "즉심즉불卽心卽佛, 마음이 곧 부처이니라"라고 대답했다.

그 말을 가슴에 깊이 새긴 대매는 깊은 산속으로 홀로 들어가 수행에 정진했다.

오랜 세월이 흐른 어느 날, 마조선사는 슬그머니 한 사람을 보

내 요즘 대매가 수행정진을 제대로 하고 있는지를 알아보고 오도록 했다.

대매를 찾아간 그 사람은 대매에게 슬쩍 물었다.

"스님은 누구의 제자입니까?"

대매는 거리낌 하나 없이 선뜻 대답했다.

"마조선사의 제자입니다."

"그럼 마조선사의 문하에서 무엇을 배우셨습니까?"

"스승님은 즉심즉불, 마음이 곧 부처라고 하셨습니다."

그 말에 그 사람은 고개를 갸우뚱하며 말했다.

"스님, 이상하군요. 요즘 마조선사께서는 많은 제자들에게 '비심비불非心非佛, 즉 마음도 아니고 부처도 아니다'라고 가르치고 있답니다."

그러자 대매가 발끈한 표정으로 말했다.

"아니, 그 늙은이가 아직도 죽지 않고 세상을 어지럽히고 있구나. 그래도 나는 죽어도 비심비불이 아니라 즉심즉불입니다."

이런 대화 내용을 전해들은 마조선사는 매우 흡족해 하며 제자들을 모아놓고 한마디했다.

"허허, 마침내 매실이 익을 대로 익었으니 너희들은 가서 마음껏 따먹도록 하라!"

누가 그대를 속박하고 있는가

사람의 한평생은 무슨 일이고 한 푼을 덜어내면 곧 한 푼을 벗어나는 것이다.
만약 교류를 줄이면 시끄러움을 면하고, 말을 줄이면 허물이 적어지며,
생각을 줄이면 정신이 소모되지 않고, 총명함을 덜면 본성을 보존할 수 있다.
날로 덜어내는 데 열중하지 않고, 날로 더하는 데만 열중하는 자는
스스로 자기 인생을 속박하는 것이다.

_채근담

『신심명信心銘』을 지은 승찬선사僧璨禪師가 많은 사람을 모아놓고 설법을 할 때였다.

겨우 열네 살밖에 되지 않은 도신道信이라는 사미승이 승찬선사 앞으로 걸어 나와 큰절을 하고 물었다.

"스님, 도대체 어떤 것이 부처의 마음입니까?"

그 말에 승찬선사가 물었다.

"지금 그대의 마음은 어떤 상태인가?"

도신이 대답했다.

"무심無心입니다."

이에 승찬선사가 다시 물었다.

"그대가 무심이라면 부처에게 무슨 마음이 있겠느냐?"

이 말을 듣고도 법신은 의혹이 사라지지 않았는지 다시 물었다.

"그러면 해탈하는 법을 제게 가르쳐 주십시오."

그러자 승찬선사가 다시 물었다.

"그대를 속박하는 이가 있는가?"

이에 도신은 분명한 어조로 대답했다.

"아무도 없습니다."

그 대답에 승찬선사는 도신을 지그시 바라보며 근엄한 목소리로 말했다.

"정녕 속박하는 이가 없다면 그대는 이미 해탈을 한 사람 아닌가. 그런데 어찌 또 해탈을 하려고 덤벼드는가. 무심이 곧 해탈이거늘!"

그 한마디에 도신은 크게 깨달았다.

햇빛과 달빛이니라

소나무 시냇가에 지팡이 끌고 홀로 걷다
문득 서보니 흰 구름이 헤진 누더기에서 일고,
대나무 창 아래 책을 높이 베고 누웠다가
문득 잠에서 깨어나니 밝은 달빛이 낡은 담요에 쏟아지는구나.

_채근담

어느 날 설봉선사雪峰禪師를 찾아온 한 스님에게 설봉선사가 대뜸 물었다.

"어디서 왔는가?"

스님이 대답했다.

"신광神光에서 왔습니다."

그 말에 설봉선사가 물었다.

"낮의 빛은 햇빛이라 하고 밤의 빛은 달빛이라 한다. 그러면 신광은 무슨 빛이냐?"

스님은 갑작스런 설봉선사의 질문에 어쩔 줄 몰라 하며 아무런 대답도 못했다. 그러자 설봉선사가 답답하다는 듯이 말했다.

"이놈아! 그것도 모르느냐? 햇빛과 달빛이니라!"

마음이 움직이는 것이다

사람의 마음은 흔히 움직임에 따라서 본성을 잃어버리게 된다.
만약 아무 생각도 일어나지 않도록 맑게 하고 조용히 앉아 있으면
구름이 일어나면 유유히 함께 가고, 빗방울이 떨어지면 시원하게 함께 맑아지며,
새가 지저귀면 기쁜 마음이 있고, 꽃이 지면 스스로 뚜렷한 깨달음이 있을 것이니,
어느 곳인들 참된 경지가 아니며, 어느 것인들 참된 작용이 아닐 것인가.

_채근담

어느 날 한 스님이 대중들에게 〈열반경涅槃經〉을 강의하고 있었다. 그때 갑자기 세찬 바람이 불어왔다. 그 바람 때문에 단상 아래 꽂혀 있던 깃발이 펄럭거렸다.

이를 가만히 지켜보던 두 스님이 불현듯 서로 말다툼을 하기 시작했다. 한 스님이 먼저 말을 했다.

"저 깃발이 펄럭이는 이유는 바람이 불기 때문이다."

그러자 다른 스님이 말했다.

"아니다. 저것은 깃발이 스스로 움직이는 것이다."

결국 입씨름을 끝내지 못한 두 스님은 강사 스님에게 해답을 얻고자 찾아갔다. 하지만 강사 스님 역시 변변한 대답을 하지 못했다. 이를 옆에서 무심히 듣고 있던 혜능선사가 두 사람에게 말했다.

"저것은 바람이 움직이는 것도 아니고, 깃발이 움직이는 것도 아닙니다."

이 말에 의아해 하던 강사와 두 스님은 혜능선사에게 물었다.

"스님, 바람이 움직인 것도 아니고 깃발이 움직인 것도 아니라면 도대체 무엇이란 말입니까?"

혜능선사가 담담히 말했다.

"그것은 두 사람의 마음이 움직인 것입니다."

그러자 많은 사람들의 입에서 탄성이 흘러나왔다.

성찰이란

소소한 쾌락에 연연하고
사소한 것에 탐닉하면
깊은 깨달음에 이르지 못하듯

성찰은 인생의 미묘한 갈등에서 온다

일상의 자질구레한 순간들
그 순간순간이 성찰을 위한 자의식이다
아주 작은 생각과 행위에도
경의를 표할 줄 아는 마음이 성찰이다

진정한 성찰은
영적인 삶을 살 때
비로소 그 의미를 찾는다

우리의 일상을 받쳐주는 모든 것들에
소중함을 느낄 때 성찰은 남의 것이 아닌
내 것이 된다.

_박치근

자기야말로 자신의 주인
자기야말로 자신의 의지할 곳
말 장수가 좋은 말을 다루듯
자기 자신을 잘 다루라.

자기야말로 자신의 주인
어떤 주인이 따로 있을까
자기를 잘 다룰 때
얻기 힘든 주인을 얻은 것이다.

_법구경法句經

물이 맑으니 달이 들어오는구나

고요한 밤에 종소리를 듣고는
잠 속의 꿈을 불러 깨우고,
맑은 연못의 달그림자를 보고는
몸 밖의 몸을 엿본다.

_채근담

둥근 보름달이 휘영청 밝은 늦은 밤이었다.

암두선사巖頭禪師가 설봉과 흠산이라 불리는 스님과 함께 차를 마시고 있었다. 그윽한 차 향기를 맡으며 각자 자신들의 찻잔을 들었다. 때마침 하늘 높이 떠있는 달이 찻잔 속에 비치자 흠산이 말했다.

"아아, 물이 맑으니 달이 들어오는구나!"

그 말에 설봉이 한마디했다.

"맑은 물이 없다면 달은 들어오지 않습니다."

이에 암두선사가 한술 더 떠 찻잔 속의 찻물을 바닥에 쏟아붓더니 설봉과 흠산을 바라보며 물었다.

"지금 물과 달이 어디 있는가?"

말짱 헛일이로다

천지운행의 추위와 더위는 피하기 쉽지만,
인간 세상의 더위와 추위는 제어하기 어렵고,
인간 세상의 더위와 추위는 제어하기 쉽다 해도
내 마음의 얼음과 숯불은 버리기 어렵다.
만일 내 마음속의 변덕을 버릴 수가 있다면,
가슴 가득한 화기가 넘쳐 가는 곳마다
절로 봄바람이 있을 것이다.

_채근담

하루는 석두선사의 법통을 이은 태전선사太顚禪師에게 당대의 대문장가인 한유韓愈가 찾아왔다. 그때 한가하게 낮잠을 자고 있던 태전선사는 잠시 눈을 뜨고 한유가 법당으로 들어오는 것을 보았다. 한유가 가까이 다가오는 것을 본 태전선사는 일어나지도 않은 채 넌지시 물었다.

"이보게, 산 구경을 왔느냐, 나에게 절하러 왔느냐?"

한유가 예를 다해 대답했다.

"선사께 절을 하러 왔습니다."

"그럼 빨리 절을 하지 않고 무얼 하고 있느냐?"

그 말에 한유는 뜨끔하여 태전선사에게 황급히 절을 한 뒤 물러갔다.

며칠이 흘렀다.

다시 한유가 산으로 올라오는 것을 멀찌감치 지켜보던 태전선사가 다시 한유에게 전과 똑같이 물었다.

"이보게, 오늘은 산 구경 왔느냐, 나에게 절하러 왔느냐?"

한유가 대답했다.

"오늘은 산을 구경하러 왔습니다."

태전선사가 물었다.

"그럼 지팡이를 가지고 왔느냐?"

"아닙니다. 가지고 오지 않았습니다."

그러자 태전선사는 한심하다는 듯이 한유를 쳐다보며 말했다.

"어허, 산을 구경한다는 놈이 지팡이를 가지고 오지 않았다니……. 쯧쯧, 말짱 헛일이로다!"

온몸이 그대로
손과 눈이지

자기 한 몸에 대하여 온전히 깨달은 사람은
능히 만물로써 만물에 맡길 수 있고,
천하를 천하에 돌리는 사람은
능히 속세에 있으면서도 속세에서 벗어날 수 있다.

_채근담

어느 날 운암선사에게 도오道悟스님이 찾아왔을 때였다. 운암선사가 도오스님에게 질문했다.

"스님, 천수천안관세음보살千手千眼觀世音菩薩은 천 개의 손과 천 개의 눈을 가졌다는데 그걸 다 어디에 쓴답니까?"

도오스님이 대답했다.

"한밤중 자다가 베개를 놓쳤을 때 더듬어 찾는 것과 같지."

"잘 알겠습니다."

운암선사의 말에 도오스님이 다시 물었다.

"그래, 어떻게 알았다는 말인가?"

이에 운암선사가 대답했다.

"온몸에 두루 손과 눈이 있다는 것이지요."

그러자 도오스님이 말했다.

"제법 그럴 듯한 대답이지만 그것만으로는 부족하네."

고개를 가로 젓는 도오스님을 바라보며 운암선사가 되물었다.

"그럼 사형은 어떻게 생각하신다는 겁니까?"

도오스님은 망설임 하나 없이 대답했다.

"온몸이 그대로 손과 눈이지."

그 대답에 운암선사는 아무 말도 하지 못했다.

공空에
떨어지지 않는다

참된 공은 공이 아니고, 형상에 집착하는 것은 진리가 아니며,
형상을 피하는 것 또한 진리가 아니다. 묻느니 세존은 뭐라고 말씀하셨던가?
'세상에 있으면서 세상을 벗어나라. 욕망을 따르는 것도 괴로움이요,
욕망을 끊는 것도 괴로움이라.' 우리는 스스로 마음을 잘 닦고
몸을 바르게 가져야 한다.

_채근담

하루는 법명法明이라는 율사가 대주선사를 찾아와서 한마디 툭 내뱉었다.

"스님, 선사들은 줄곧 공空에 잘 빠지더군요."

그 말에 대주선사가 말꼬리를 물고 늘어졌다.

"도리어 그대가 자주 공에 빠져 있던데…… 아닌가?"

이 말에 깜짝 놀란 법명이 되물었다.

"선사께서는 어째서 제가 공에 빠져 있다고 하십니까?"

그러자 대주선사가 천연덕스럽게 말을 이었다.

“우리가 익히 알고 있는 경經과 논論은 종이 위에 먹물로 쓴 문자일 뿐이지. 종이와 문자가 원래 공한 것이 아닌가. 소리 위에다가 이름과 구절句節 따위를 쓴다는 것은 다 공한 것이나 다름없다는 얘기네. 그대는 그런 글자와 문구에 집착하고 있으니 어찌 공에 떨어져 있지 않겠는가.”

그 말에 법명이 되물었다.

“그렇다면 선사께서는 공에 떨어지지 않습니까?”

이에 대주선사가 법명을 빤히 바라보며 자신 있게 대답했다.

“나는 공에 떨어지지 않는다네.”

법명이 다시 물었다.

“어째서 그렇게 될 수 있습니까?”

대주선사가 흔쾌히 대답했다.

“문자 따위는 모두 지혜에서 생겨나는 것인데 나는 그것들을 잘 활용하고 있으니 어찌 공에 떨어질 수 있겠는가. 안 그런가?”

그 말에 법명은 그냥 멀뚱히 대주선사를 바라보았다.

영리한 중이로구나

세상을 살아가면서 한 발 양보하는 처세를 높게 평가하므로
물러서는 것은 곧 스스로 전진하는 토대가 된다.
사람을 너그럽게 대하는 것은 복이 되므로
남을 이롭게 하는 것은 자신을 이롭게 하는 바탕이 된다.

_채근담

남전선사南泉禪師가 작은 암자에 살고 있을 때였다.

하루는 그에게 한 스님이 찾아왔다. 남전선사는 마침 볼일이 있어 스님에게 이렇게 말했다.

"지금 나는 산에 잠시 갔다 올 것이다. 자네는 조금 있다가 나에게 밥과 차를 가져다줄 수 있겠나?"

스님이 대답했다.

"네, 스님."

남전선사는 몸을 돌려 바삐 산으로 올라갔다. 그러나 그 스님은 남전선사가 사라진 후 밥을 짓고 차를 끓일 생각은 아예 하지 않고 암자의 가구를 죄다 끌어내 부수고 불을 때더니 그 옆에 누워 낮잠을 잤다.

얼마 후 산을 내려온 남전선사는 자신이 잠시 없는 사이 암자에서 벌어진 이 해괴한 모습을 보고 한바탕 크게 웃었다.

"허허허!"

그러곤 그 스님 옆에 누워 함께 잠을 잤다.

한참을 자다 깬 남전선사가 옆을 둘러보았으나 이미 그 스님은 어디론가 가버리고 없었다. 혼자 남은 남전선사는 이렇게 중얼거렸다.

"허허, 내가 이 암자에 산 지 얼마 되지 않았지만 오늘 영리한 중 하나를 보았구나."

그냥
바라보기만 했느냐?

냉정한 눈으로 열광했을 때를 바라본 뒤에라야
열광할 때의 분주함이 무익했음을 알게 되고,
번잡함에서 한가함으로 돌아온 뒤에라야
한가한 가운데의 재미가 가장 길다는 것을 깨닫게 된다.

_채근담

덕산선사는 제자를 가르칠 때는 주장자拄杖子보다 봉棒을 주로 많이 사용했다. 그의 가르침을 받은 수행자들 중에 덕산에게 맞아보지 않은 사람이 거의 없을 정도였다.

또한 덕산선사는 자신의 물음에 대답을 제대로 해도 삼십 대, 대답을 하지 못해도 삼십 대를 후려치는 것으로 더 유명했다.

어느 날 임제선사가 그런 소문을 듣고 시자侍者로 있는 낙보스님을 보내면서 이렇게 일러주었다.

"덕산을 보거든 '대답을 해도 삼십 대, 못해도 삼십 대입니까?'

하고 먼저 물어보아라. 그러고 나서 덕산이 어떻게 하는지 자세히 지켜보아라."

그날 덕산선사를 찾아간 낙보스님은 도착하자마자 대뜸 임제선사가 이른 대로 똑같이 물었다.

"스님, 정말 스님의 물음에 대답을 해도 삼십 대, 못해도 삼십 대입니까?"

그러자 덕산선사는 봉을 들고 낙보스님을 후려치려 했다. 이때 낙보스님은 자기 머리 위로 내리꽂히는 봉을 맞잡고 세차게 밀쳐버렸다. 이에 당황한 덕산선사는 아무 내색도 않더니만 그냥 아무 말 없이 자신의 처소로 들어갔다.

그날 벌어졌던 일을 죄다 듣고 난 임제선사가 낙보스님에게 말했다.

"내 예전부터 덕산을 보통 사람으로 보지 않았는데 제대로 본 셈이군. 그건 그렇고, 너는 덕산을 그냥 바라보기만 했느냐?"

갑작스런 물음에 낙보스님이 대답을 머뭇거리는 순간 임제선사가 스님을 세차게 후려쳤다.

배고프면 먹고
피곤하면 자지

선종에 이르기를 '배고프면 먹고 고단하면 잔다'고 했다.
또한 시지에 이르기를 '눈앞의 경치를 평범하게 쓰던 말로 표현하라'고 했다.
대개 가장 높은 것은 가장 평범한 것에 깃들어 있고, 지극히 어려운 것은
지극히 쉬운 데서 나오는 법이니, 뜻을 갖는 이는 도리에 멀어지고,
마음을 두지 않는 이는 저절로 가까워진다.

_채근담

대주선사의 가르침에 크게 깨우친 법명이지만 아직도 걷히지 않은 의혹이 늘 마음속에 남아있었다. 그래서 다시 대주선사를 찾아가 한 번 더 물었다.

"스승님, 스승님도 도를 닦을 때 공력을 들이십니까?"

대주선사가 대답했다.

"암, 들이고 말고!"

법명이 다시 물었다.

"어떤 방법으로 공력을 들이십니까?"

그 질문에 대주선사는 태연하게 말을 이었다.

"배고프면 밥을 먹고 피곤하면 잠을 자지."

그러자 법명이 시큰둥한 얼굴로 물었다.

"스승님, 그거야 세속의 모든 사람들도 한결같이 하는 일이지 않습니까?"

이에 대주선사가 말했다.

"하지만 나에겐 다르니라."

법명이 즉각 말꼬리를 물고 늘어졌다.

"스승님, 대체 무엇이 어떻게 다르단 말씀이신지…."

그러자 대주선사는 법명을 가까이 다가오라 손짓을 하고는 아주 낮은 목소리로 그의 귀에 대고 말했다.

"그들은 밥을 먹을 때 밥만 먹지 않고 온갖 것을 이리저리 따질 뿐만 아니라 잠을 잘 때조차도 잠만 자지 않고 심지어 꿈속에서도 온갖 생각을 일으키고 있지. 안 그런가?"

어느 마음으로 떡을 드시는지

공명을 자랑하고 문장을 뽐내는 사람은 모두 외물外物에 의해 훌륭해진 것으로
진정한 것이 아니다. 그러므로 마음의 바탕이 찬란하게 빛나는
본래의 모습을 잃지 않았다면, 사소한 공적조차 하나 없고,
글자 한 자 안 배웠다 할지라도 정정당당한 사람이 될 수 있는 것이다.

_채근담

덕산선사는 자신이 타의 추종을 불허하는 대단한 불교학자라고 자부하는 스님이다.

'그래, 어느 누구도 『금강경』에 관한 한 내가 깨우친 것만큼 결코 따라올 수 없을 거야.'

함께 수행하는 스님들도 『금강경』에 관한 한 덕산선사를 최고로 여길 정도였다.

"정말 대단하긴 해. 『금강경』만큼은 저 친구를 앞설 사람은 결코 없을 거야."

그래서일까. 덕산선사는 점점 자기도취에 사로잡혔다. 그러던 어느 날 불립문자의 선종禪宗이 성행한다는 소문을 들은 덕산선사는 그게 사실인지 아닌지를 직접 확인해야겠다는 마음에 자신이 쓴 『금강경청룡소초金剛經靑龍疏鈔』를 바랑에 넣고 남쪽으로 향했다.

길을 가던 도중 배가 하도 고파 시장 한편에서 떡을 팔고 있는 노파에게 다가가 물었다.

"떡값은 얼마나 합니까?"

그런데 노파는 떡값은 말하지 않고 덕산선사의 바랑을 물끄러미 바라보며 되레 물었다.

"스님, 그 바랑에는 무엇이 들어 있는 거요?"

말이 끝나기 무섭게 덕산선사는 노파를 빤히 쳐다보며 자랑스럽게 대답했다.

"제가 쓴 『금강경청룡소초』라는 책이 들었습니다."

그러자 노파는 덕산선사를 힐끗 쳐다보며 말했다.

"스님, 궁금한 게 있어서 그러는데 제대로 대답을 해주면 떡값은 안 받겠소."

그 말에 덕산선사는 반색하며 말했다.

"정말이요? 그럼 궁금한 게 무엇인지 어서 질문하시오. 기꺼이 대답해 드리지요."

그러자 알듯 모를 듯한 미소를 지은 노파가 덕산선사를 지그시 바라보며 물었다.

“스님, 『금강경』을 보면 과거심도 얻을 수 없고 현재심도 얻을 수 없고 미래심도 얻을 수 없다고 쓰여 있소. 그럼 스님은 어느 마음으로 떡을 드시는지요? 대답해 줄 수 있겠소?”

노파의 물음에 덕산선사는 말문이 막혀버린 것은 물론이고 먹은 떡도 얹혀버렸다.

버리고 또 버리니 큰 기쁨일세.
탐진치 어둔 마음 이같이 버려
한 조각 구름마저 없어졌을 때
서쪽에 둥근 달님 미소 지으리.

_입측진언入厠眞言 게송偈頌

생각하면 이미 늦는 법이거늘

밤이 깊어 사람이 모두 잠들어 고요할 때 홀로 앉아 자기 마음을 살피노라면,
거짓된 생각이 사라지고 오직 진실한 생각만이 나타남을 깨닫게 되는데,
언제나 이러한 가운데서 큰 진리를 얻게 될 것이다.
진실한 마음이 나타났는데도 불구하고
거짓된 생각에서 헤어나지 못한다면,
크나큰 부끄러움을 느끼게 될 것이다.

_채근담

석두선사의 법통을 이은 도오선사는 절의 방 한 칸을 차지하고는 문을 닫아걸고 참선만 했다. 그 바람에 그 누구도 도오선사를 가까이 할 수 없었다. 그러나 하루에 한 번 정해진 끼니때 찾아오는 호떡장수만은 예외였다. 그 호떡장수는 날마다 도오선사에게 호떡 열 개를 공양하고 돌아갔다.

이런 일이 몇 해 동안 지속되었다.

그런데 공양한 다음 날 다시 찾아온 호떡장수에게 어김없이 전

날 공양한 호떡 중에서 한 개를 내주며 도오선사는 똑같은 말을 되풀이했다.

“내가 그대에게 호떡 하나를 내주어 공덕을 쌓노라.”

이런 일상이 습관이 되어서인지 도오선사나 호떡장수에게는 아주 자연스러웠다.

그러던 어느 날 호떡장수는 문득 도오선사의 이런 언행에 의심이 들어 그에게 넌지시 물었다.

“스님, 이 호떡은 제가 스님에게 공양한 것입니다. 그런데 어째서 날마다 제게 한 개씩을 다시 주는 것입니까? 그리고 왜 공양을 한 저보다 오히려 스님이 공덕을 쌓는다고 말씀하시는지요? 저는 그 말뜻이 무엇인지 도통 잘 모르겠습니다.”

그 말에 도오선사가 되물었다.

“이보게, 자네가 나에게 준 것을 자네에게 돌려주는데 무엇 하나 잘못된 것이라도 있느냐?”

이 말은 들은 호떡장수는 뭔가를 조금 깨달은 듯 고개를 갸웃거리며 다시 도오선사에게 물었다.

“스님, 제 삶이 아주 복잡하고 편하지 않습니다. 어찌 하면 좋을지 가르침을 주십시오.”

그 말에 도오선사가 말했다.

“집이란 곳에 머물면 감옥이라 옹색하기 짝이 없고 밖으로 나서면 자유롭고 탁 트이느니라."

순간, 뭔가를 크게 깨달은 호떡장수는 숭신崇信이란 이름을 얻어 도오선사의 제자가 되었다.

그 후 몇 년이 지난 어느 날이었다. 아직도 자신이 미흡하다고 생각한 숭신은 도오선사에게 다가가 무릎을 꿇고 가르침을 달라고 졸랐다.

"스승님, 제가 스승님의 제자가 된 후 지금까지 아직 마음의 법이 무엇인지를 배우지 못했습니다. 이제는 가르쳐줄 때가 되지 않았습니까?"

그 말에 도오선사가 말했다.

"숭신아, 네가 이곳에 온 후 나는 하루도 거르지 않고 너에게 마음의 법을 가르쳤느니라."

아무것도 가르쳐준 것이 없는데 하루도 빠지지 않고 마음의 법을 가르쳤다는 스승의 말에 약간 실망한 숭신은 따지는 투로 다시 물었다.

"스승님, 언제 어디서 어떻게 가르쳤단 말입니까?"

숭신의 대드는 듯한 투에 도오선사는 역정을 내며 말했다.

"이놈이 정말 말귀를 못 알아듣는구나! 네가 차를 끓여오면 나는 차를 마셨고, 밥을 갖다 주면 밥을 먹었고, 또 네가 인사를 하면 나는 고개를 끄덕였다. 대체 어느 것을 배우지 않았다는 말이냐?"

그 말을 들은 숭신은 고개를 푹 숙인 채 그 뜻을 곰곰이 되새기고 있었다. 도오선사가 다시 말했다.

"이놈아! 보려면 당장 봐야 하느니라. 생각하면 이미 늦는 법이거늘! 숭신아, 진정한 깨달음은 특별한 곳에 있는 것도 아니고, 특별한 말도 아니니라. 평상시에 깨치는 것이 깨달음이거늘 머리로 따지고 곱씹기 시작하면 이미 진리에서 빗나간 것이니라. 알겠느냐?"

그제야 깨달음을 얻은 숭신은 부끄러운 표정으로 물었다.

"스승님, 어찌하면 이 깨달음의 경지를 오래오래 간직할 수 있겠습니까?"

도오선사가 말했다.

"숭신아, 너의 참본성에 맡겨 자유로이 노닐고, 주어진 환경에 따르되 거기에 결코 집착하지 말며, 항상 평상심에 따르기만 하면 되느니라!"

있다 해도 되고,
없다 해도 된다

옛날 고승이 이르기를
'대나무 그림자가 뜰을 쓸되 티끌은 움직이지 않고,
달그림자가 연못을 뚫되 물에는 흔적이 없다'고 하였다.
또 우리 유학자가 말하기를
'물의 흐름이 아무리 급해도 그 둘레는 언제나 고요하고,
꽃의 떨어짐은 비록 잦지만 마음은 스스로 한가하다'고 하였다.
사람이 항상 이런 뜻을 가지고 일에 임하고 물건에 접한다면
몸과 마음이 얼마나 자유롭겠는가?

_채근담

장사 지역에서 교화를 폈기 때문에 장사 화상和尙이라고 불렸던 장사선사長沙禪師가 어느 날 대덕선사를 만났다. 대덕선사가 장사선사에게 진중한 얼굴로 질문했다.

"스님, 허공이란 것이 정녕 있는 것입니까, 아니면 정녕 없는 것

입니까?"

장사선사가 즉각 대답했다.

"있다 해도 되고, 없다 해도 되느니라. 그 이유는 허공이 있을 때는 거짓으로 있으며 허공이 없을 때는 역시 거짓으로 없기 때문이니라."

다시 대덕선사가 물었다.

"스님, 그럼 지렁이를 두 토막으로 내면 두 토막이 모두 뜁니다. 이럴 때 불성은 어느 토막에 있습니까?"

이에 장사선사가 대뜸 물었다.

"튀는 것과 튀지 않는 것의 경계는 어디 있느냐?"

대덕선사는 아무 말도 하지 못했다.

집 지키는 사람을 데려왔구나

피리소리와 노랫소리가 바야흐로 무르익었을 때,
문득 옷자락을 떨치고 일어나서 나감은
마치 통달한 사람이 벼랑길에서 손을 젓고 걸어가는 것 같아서 부럽고,
시간이 이미 늦은 때에 오히려 쉬지 않고 밤길을 쏘다니는 것은
마치 속인이 그 몸을 고해에 담그는 것과 같아서 우습다.

_채근담

하루는 제안선사齊安禪師의 선방으로 법공스님이 찾아왔다.

며칠 머무르는 동안 법공은 경經을 공부하면서 생겨난 의문을 제안선사에게 이것저것 물었다. 그 물음에 제안선사는 일일이 대답을 해주었다. 그리고 뼈 있는 한마디를 서슴지 않았다.

"스님이 온 후 저는 주인 노릇을 전혀 하지 못한 것 같습니다."

그러자 법공스님이 대뜸 대꾸했다.

"그럼 이제부터 다시 주인이 되시지요, 스님."

이 말을 들은 제안선사가 법공스님을 지그시 바라보며 말했다.

"스님, 그럼 오늘 저녁은 이만 돌아가십시오. 내일 아침에 뵙겠습니다."

이튿날 아침, 제안선사는 사미승을 불러 법공스님을 모셔오라고 했다. 잠시 후, 사미승의 뒤를 따라오는 법공스님의 모습이 보였다. 그러자 제안선사가 사미승을 바라보며 크게 꾸짖었다.

"이놈아, 너는 심부름도 제대로 못하느냐! 법공스님을 모셔오라고 했더니만 집 지키는 사람을 데리고 왔구나! 쯧쯧!"

모습은 보이지 않고 목소리만 들리는구나

산속에 살면 마음이 맑고 시원하여 대하는 것마다 모두 아름다운 생각이 든다.
외로운 구름과 들의 학을 보면 속세에서 초월한 생각이 들고,
돌 사이를 흐르는 샘물을 만나면 때 묻은 마음을 씻어 버리고 싶은 생각이 일어난다.
늙은 전나무와 추위 속의 매화를 어루만지면 절개가 우뚝 서고,
모래밭 갈매기와 사슴들과 노닐면 번거로운 마음을 다 잊게 된다.
그러나 만일 한 번 속세로 뛰어들면 사물과 상관하지 않는다 해도
자기 몸은 무용지물이 되고 말 것이다.

_채근담

하루는 위산선사와 제자 양산이 차밭에서 일하고 있었다. 한참 찻잎을 따던 위산선사가 문득 생각났다는 듯이 양산을 부르며 말했다.

"양산아, 하루 종일 찻잎을 따는데 어찌 네 모습은 한 번도 보이지 않고 목소리만 들리는구나. 네 모습을 보고 싶으니까 앞으로 나오너라!"

그러자 양산은 자신의 모습을 보여주지 않을 뿐 아니라 말도 하지 않고 차나무를 흔들어댔다. 이를 보고 있던 위산선사가 말

했다.

"양산아, 너는 용用만 보고 체體는 얻지 못했구나."

그 말이 끝나기 무섭게 양산이 되물었다.

"스승님 말씀대로 저는 그렇다 해도 스승님께서는 어떻습니까?"

그 말에 미처 대답을 하지 못하고 침묵을 지키는 위산선사에게 양산이 쏘아붙이듯 말했다.

"지금 스승님께서는 체만 얻었고 용은 얻지 못했습니다. 그렇지 않습니까?"

그러자 위산선사가 말했다.

"양산아, 이럴 땐 유구무언이란 말이 어울리겠구나. 고얀 놈 같으니라고!"

문자가 너희들을 보는데 어찌하랴

사람들은 문자 있는 책은 읽을 줄 알되 문자가 없는 책은 읽을 줄 모르며,
줄 있는 거문고는 탈 줄 알되 줄 없는 거문고는 탈 줄 모른다.
눈앞의 형체가 있는 것만 쓸 줄 알고 정신을 쓸 줄 모른다면,
어찌 거문고와 책의 참맛을 깨달을 수 있겠는가?

_채근담

약산선사는 어렸을 때부터 경전을 공부했다. 그러나 약산선사는 결국 문자를 버리고 선문禪門으로 전향해 크게 깨달음을 얻었다. 그런데도 약산선사는 『법화경』, 『열반경』, 『화엄경』 등의 경전을 늘 곁에 두고 틈틈이 보는 것을 낙으로 삼았다. 그러나 제자들이 경전을 펼치고 읽는 모습을 보면 경전의 노예가 된다는 이유로 경전을 읽지 말라며 엄하게 꾸짖었다.

그러던 어느 날이었다. 이를 이상하게 여긴 한 스님이 약산선사에게 물었다.

"스승님, 우리 제자를 비롯해 신자들에게는 경전을 못 읽게 하시면서 스승님은 왜 날마다 읽으십니까?"

이에 약산선사가 말했다.

"나는 경전을 눈앞에만 놓고 있었을 뿐이지 단 한 번도 읽은 적이 없느니라."

이 말은 들은 스님은 이때다 싶어 재빠르게 되받아쳤다.

"그럼 저희들도 스승님처럼 경전을 눈앞에만 놓고 읽지 않으면 되지 않겠습니까?"

그 말을 하는 제자의 얼굴을 아무런 표정도 짓지 않고 바라보던 약산선사가 몸을 돌려 물끄러미 밖을 내다보며 말했다.

"나는 경전을 눈앞에만 놓았을 뿐이지만 너희들이 경전을 눈앞에 놓을 때 문자가 너희들을 보는 것을 어찌하랴."

그동안
무엇을 얻었는가?

모든 소리가 고요해진 가운데 홀연히 한 마리 새소리를 들으면
문득 그윽한 취미를 불러일으키고, 모든 초목이 시들어진 다음에
한 가지 빼어난 꽃을 보면 모든 무한한 삶의 기운이 움직임을 알게 된다.
이로써 사람의 본성은 항상 메마르지 않고, 기동하는 정신은 사물을 접하게 되면
가장 잘 나타나게 됨을 알 수 있다.

_채근담

오랜 세월 수행을 떠났던 젊은 스님이 절로 돌아와서 장경선사 章敬禪師를 뵈었다. 장경선사가 젊은 스님에게 물었다.

"여기를 떠난 지 얼마나 되었는가?"

젊은 스님이 대답했다.

"한 8년쯤 되었지 않나 싶습니다."

장경선사가 다시 물었다.

"그래, 자네는 그 8년 동안 무엇을 얻었는가?"

그 말에 젊은 스님은 몸을 구부려 땅 위에 커다란 동그라미를 하나 그려 보였다. 이 모습을 지켜본 장경선사가 재차 물었다.

"그래, 그것뿐인가? 다른 것은 또 없는가?"

장경선사의 말이 끝나자마자 그 젊은 스님은 발로 동그라미를 지워버렸다. 그러고는 아무 미련이 없다는 듯이 몸을 돌려 절을 떠나버렸다.

머리를 여기 가지고 오너라!

독서를 잘 하는 사람은 책을 읽어
손발이 춤추는 경지에까지 이르러야 한다.
그래야 비로소 형식에 구애받지 않는다.
사물을 잘 보는 사람은 마음과 정신이 녹아서
물건과 하나가 될 때까지 이르러야 한다.
그래야 비로소 외형에 구애받지 않는다.

_채근담

자타가 공히 인정할 정도로 『금강경』에 통달했다고 알려진 이가 바로 덕산선사德山禪師다.

어느 날 용아라는 사람이 덕산선사를 찾아와서는 무턱대고 한마디 던졌다.

"스님, 만약 글을 배우는 사람이 칼을 들고 와서 스님의 목을 베겠다고 한다면 스님은 어떻게 하시겠습니까?"

그 말에 덕산선사가 오히려 용아에게 물었다.

"그대 같으면 이 상황에서 어떻게 손을 쓰겠는가?"

그러자 용아가 대답했다.

"이미 스님의 머리가 땅에 떨어졌습니다."

용아의 말이 끝나도 덕산선사는 아무 대답 없이 가만히 있었다. 훗날 용아가 동산선사에게 가서 이 이야기를 사실 그대로 전하자 동산선사가 크게 꾸짖었다.

"이놈아, 땅에 떨어진 덕산의 머리를 여기 가지고 오너라."

이 말은 들은 용아는 아무런 말도 못했다.

나는 온갖
중생이 아니다

우연히 자기 뜻에 맞는 곳은 아름답게 느껴진다.
모든 자연은 천연 그대로의 것이라야 비로소 참맛을 보게 된다.
만약 조금이라도 고쳐서 늘어놓으면 그 맛이 줄어든다.
당나라 시인 백낙천이 말하기를 '마음은 일이 없을 때 유유자적하고,
바람은 저절로 불 때 맑다'고 했으니, 의미가 있구나! 이 말이여!

_채근담

어느 날 유관선사惟寬禪師가 법당에서 나와 한가하게 뜰을 거닐고 있을 때였다. 한 스님이 유관선사의 뒤를 조심스럽게 뒤따르다가 어렵게 말을 건넸다.

"스님, 어떤 것이 도道입니까?"

유관선사가 말했다.

"매우 좋은 산이니라."

엉뚱한 대답을 들은 그 스님은 어리둥절해 하며 고개를 갸웃거

리더니 재차 질문을 이었다.

"스님, 학인學人이 도가 무엇이냐고 여쭈었는데, 스님께서는 어째 좋은 산이라고만 대답하십니까?"

유관선사가 웃으며 말했다.

"허허, 그대가 좋은 산밖에 모르니 어찌 도를 알겠느냐?"

그러자 이번에는 그 스님을 뒤따라오던 다른 스님이 물었다.

"스님, 개에게도 불성佛性이 있습니까?"

유관선사가 대뜸 말했다.

"있다."

그 스님이 재차 물었다.

"그럼 스님에게도 불성이 있습니까?"

말이 떨어지기 무섭게 유관선사가 말했다.

"나는 없다."

유관선사의 대답에 스님은 말이 되지 않는다고 생각한 듯 다시 질문을 던졌다.

"스님, 개는 물론 온갖 중생에게 다 불성이 있다 하셨는데, 어째서 스님에게만 불성이 없다고 하십니까?"

그 말에 유관선사는 혀를 차며 말했다.

"쯧쯧, 나는 온갖 중생이 아니지 않느냐."

나는
당나귀 똥이다

속세를 벗어나는 길은 곧 세상을 건너는 가운데 있으니,
반드시 사람들을 끊고 세상에서 도망쳐야 하는 것은 아니다.
마음을 깨닫는 공부는 곧 마음을 다하는 속에 있으니,
반드시 욕심을 끊고 마음을 식은 재처럼 해야 하는 것이다.

_채근담

어느 날 조주선사가 그의 시자侍者 문원文遠과 마주 앉았다. 심심해하던 조주선사가 문원에게 누가 더 못난 사람이 되는지 내기를 하자고 했다. 그러자 시자 문원이 조주선사에게 먼저 말을 꺼내시라고 했다.

"스승님이 먼저 시작하시죠."

조주선사가 재빠르게 한마디 툭 던졌다.

"나는 한 마리 당나귀다."

이에 문원이 말을 받았다.
"그럼 저는 그 당나귀의 뒷다리입니다."
그러자 조주선사가 다시 말을 받았다.

"그럼 나는 당나귀 똥이다."

문원이 다시 조주선사에게 질세라 또 말을 받았다.
"그럼 저는 그 똥 속에 사는 구더기입니다."
조주선사는 문원의 대답이 하도 희한해서 대뜸 물었다.
"그럼 너는 그 똥 속에서 무엇을 하려 하느냐?"
말이 끝나자마자 문원이 대답했다.
"하안거夏安居●를 하겠습니다."

● 승려들이 여름 90일 동안 한곳에 머물면서 수행하는 일.

하늘을 향해
두 손을 활짝 펼쳐 보이다

산이 높고 험준한 곳에는 나무가 없으나,
굽이쳐 감도는 골짜기에는 초목이 무성하다.
물살이 세고 급한 곳에는 물고기가 없으나,
물이 깊고 고요하면 물고기와 자라들이 모여든다.
이처럼 높고 험한 행동과 세고 급한 마음은
군자가 깊이 경계해야 한다.

_채근담

마조선사의 법을 이은 유정선사惟政禪師는 강서에만 살았다.

하루는 한 스님이 유정선사를 찾아왔다. 유정선사는 그 스님에게 제안을 하나 했다.

"자네가 나의 몫으로 밭을 일구어주면 나는 자네에게 큰 이치를 말해주겠네."

유정선사의 말을 들은 스님은 혹시나 하는 마음으로 고개를 끄덕이며 그 제안을 받아들였다. 그리고 유정선사의 밭으로 가 열심히 땀을 흘리며 밭을 일구어 놓았다.

저녁 무렵, 유정선사를 찾아간 스님이 재촉하듯 말했다.

"스님, 스님 밭을 다 일구었으니 약속대로 저에게 크나큰 이치를 알려주시지요."

그러자 유정선사는 아무 말도 없이 그냥 하늘을 향해 두 손을 활짝 펼쳐보였다.

그놈에게
한 번 물렸다

옛말에 이르기를 '산에 오르거든 험한 비탈길을 견디고,
눈을 밟거든 위험한 다리를 건너는 걸 견디라'고 했다.
즉 이 견딜 내耐 자 한 글자는 깊은 뜻을 지니고 있다.
만약 이 비뚤어지고 험한 인정과 고르지 못한 세상길에서
견딜 내 자 한 글자를 얻어 붙잡고 지나가지 않는다면,
어찌 가시덤불과 구렁텅이에 빠지지 않을 수 있겠는가?

_채근담

황벽선사黃檗禪師는 기개가 씩씩하고 도량이 넓고 크다고 알려진 스님이다.

하루는 외출을 하고 돌아오는데 마주 오던 백장선사가 그에게 물었다.

"황벽, 어디를 그리 분주히 다녀오느냐?"

황벽선사가 대답했다.

"예, 대웅산 밑에 가서 버섯 좀 뜯어 가지고 옵니다."

백장선사가 물었다.

"혹시 그곳에서 범을 만나지 않았느냐?"

이 말을 듣자마자 황벽선사는 범이 울부짖는 소리를 흉내 내며 백장선사에게 다가가 물어뜯는 시늉을 했다. 이에 백장선사는 자신도 모르게 도끼를 들고 찍는 듯한 모습을 보여주었다. 그러나 황벽선사는 더 빠르게 백장선사를 덮쳐버렸다.

그날 백장선사는 여러 스님들 앞에서 설법을 하면서 이렇게 말했다.

"대웅산 아래 큰 범이 하나 나타났으니 여러분은 조심하라. 오늘 내가 그놈에게 한 번 물렸다."

지혜 있는 놈이 하나도 없구나

남을 믿는다는 것은 사람들이 모두 성실하지 못하더라도
자기만은 성실하기 때문이며, 남을 의심한다는 것은
사람들이 모두 속이지 않더라도 자신이 스스로를 속이기 때문이다.

_채근담

어느 날 귀종선사歸宗禪師가 여러 스님들이 채소를 가꾸고 있는 밭으로 들어갔다. 여기저기 밭을 둘러보다가 이상하게 생긴 채소 한 포기가 있는 곳에 갑자기 멈추어 섰다. 그러자 많은 스님들의 시선이 그곳으로 쏠렸다.

이때 귀종선사가 밭에 있는 스님들 모두가 들을 수 있을 정도의 큰 소리로 말했다.

"아무도 이 채소를 건드리지 말라!"

이 말을 직접 듣거나 그 말을 전해들은 어느 누구도 귀종선사가 가리킨 그 채소를 건드리거나 뜯으려 하지 않았다. 오히려 행여 그 채소가 상할까 봐 조심스럽게 지키기까지 했다.

며칠이 지난 어느 날, 채소밭에 왔다가 며칠 전 자신이 건드리지 말라고 한 그 채소가 아직 그대로 남아 있는 것을 본 귀종선사는 주장자를 들어 스님들을 한 대씩 때리면서 호되게 나무랐다.

"쯧쯧, 이 한 떼거리 속에 지혜 있는 놈이 하나도 없구나!"

목어 木魚

인간사 사바의 길이라
함께 동행할 사람 없음에
터벅터벅 열 발가락 축 늘어져
저 고개 넘기가 숨이 턱에 차는구나!

와르르 산 무너지듯
한바탕 소낙비라도 퍼부었으면

가을 산 깊은 계곡 너머
저 산사
세속에 찌든 때 씻기는
목어소리
부처님 가피 전하는
목탁소리
향을 사르듯 그윽하기만 한데

어쩌지 못하는 이 번뇌
피할 수 없는 이 업보
네 것이 아닌 내 것이라
오늘을 살아온 일상이 닫히기 전
한 소절 묵상에 두 손 모은다

_박치근

탐욕 때문에 늙어가고
분노 때문에 병들어가며
어리석음 때문에 죽어가니
이 세 가지를 없애면
열반을 얻으리라.

_법구경法句經

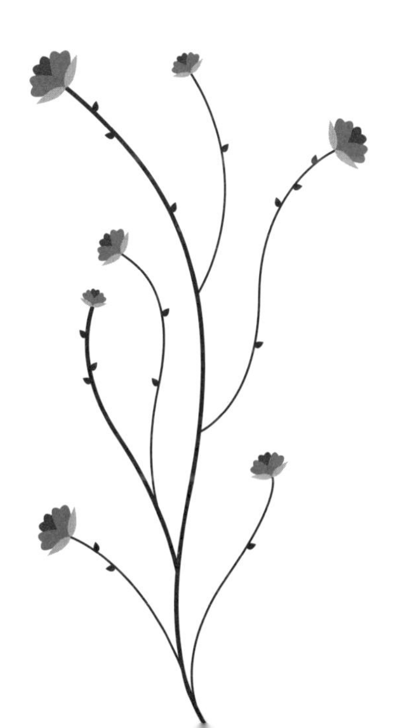

내 소가 백장 밭에 들어간다

바쁜 가운데에서 한가로움을 얻으려면
먼저 한가할 때 그 마음의 자루를 찾아들고,
시끄러운 가운데에서 고요함을 취하려면
먼저 고요할 때 그 중심을 세워야 한다.
그렇지 않으면 경우에 따라 움직이게 되고,
사건에 따라 흔들리게 된다.

_채근담

하루는 한 젊은 스님이 백장선사를 찾아왔다. 무엇인가 급한 일이 있기라도 한 듯 백장선사 앞으로 뛰어가며 숨을 헐떡이고 있었다. 새파랗게 젊은 스님이 감히 대선사 앞으로 허락도 받지 않고 달려갔지만 너무 급해 보였던지 아무도 그를 저지하지 못했다. 백장선사가 물었다.

"뭐가 그리 자네를 급하게 했는가?"

백장선사 앞에서 가까스로 숨을 고른 젊은 스님이 대뜸 물었다.

"스, 스님! 부처는 과연 어디 있습니까?"

그러자 백장선사가 대답했다.

"이놈, 너는 지금 소를 타고 소를 찾고 있구나."

그 말에 고개를 끄덕인 젊은 스님은 다시 질문을 던졌다.

"스님, 만약 제가 부처를 찾는다면 그다음에는 어떻게 해야 합니까?"

이에 백장선사가 나무라는 투로 말했다.

"이놈아! 소를 탔으면 제 갈 길을 가야지 왜 머뭇거리고 있는 게냐?"

백장선사의 이 대답에도 고개를 끄덕인 젊은 스님은 재차 다른 질문을 했다.

"스님, 그렇다면 그 부처를 어떻게 간직해야 합니까?"

그 말에 백장선사는 젊은 스님에게 엷은 미소를 흘리며 의미심장한 한마디를 던졌다.

"소가 남의 밭에 들어가지 않도록 하는 것이 바로 목동이 해야 할 일이 아니겠느냐?"

젊은 스님은 백장선사가 짜증 한번 내지 않고 대답해 주자 갑자기 일어나더니 넙죽 큰절을 올렸다. 그러더니 느닷없이 이렇게 소리쳤다.

"내 소가 백장 밭에 들어간다."

법당을 부리나케 빠져나가는 젊은 스님의 뒷모습을 지켜보던 백장선사가 호탕하게 웃어젖혔다.

"허허허, 그놈 참!"

이것이 이것이다

사람의 진실한 일념은 여름에도 서리를 내리게 할 수 있고,
울음으로 성곽을 무너뜨릴 수 있으며, 쇠붙이로 돌도 뚫을 수가 있다.
그러나 거짓된 사람은 한낱 사람의 탈을 갖추었을 뿐
참 모습은 이미 사라져, 남을 대하면 얼굴도 흉하게 보이고
혼자 있을 때는 제 모습과 그림자에 스스로 부끄러워진다.

_채근담

동산선사洞山禪師가 행각行脚을 떠나기 전에 스승 운암선사雲巖禪師에게 하직 인사를 드렸다. 인사를 마친 동산선사가 무릎을 꿇고 앉으며 물었다.

"스승님, 스승님이 돌아가신 후 어떤 사람이 스승님의 초상화를 그려보라고 하면 어떻게 대답해야 하겠습니까?"

스승 운암선사가 대답했다.

"그 사람에게 '이것이 이것'이라고 말해 주려무나."

"대체 스승이 말한 '이것이 이것'이라는 말은 무슨 뜻일까?"

결코 쉬운 화두가 아니라고 여긴 동산선사는 며칠 길을 가는 동안 골몰히 생각에 잠겼다. 그렇게 생각이 생각을 낳고 다른 생각이 또 다른 생각을 낳는 사이 며칠이 훌쩍 흘러버렸다.

그러던 어느 날, 동산선사는 작은 냇물을 건너다가 물에 비친 자신의 얼굴을 보고 순간 크게 깨달았다. 스승 운암선사가 건넨 '이것이 이것'이란 말뜻을 이해할 수 있었던 것이다. 이에 동산선사는 '아예 타인에게 구하지 말지니 멀고 멀어 나하고 떨어지리라'라는 게송까지 읊었다.

악과 선은
마음에서 일어나는 법이다

악한 일을 한 뒤 남이 알까 봐 두려움을 갖는 것은
아직 악함 속에도 선이 남아 있기 때문이다.
선한 일을 한 뒤 사람들이 알아주기를 서두르는 것은
아직 선 속에 악의 뿌리가 남아 있기 때문이다.

_채근담

어느 날 한 제자가 스승 혜가선사慧可禪師를 찾아와서는 무릎을 꿇고 앉아 간절히 여쭈었다.

"스승님, 제발 저에게 번뇌와 망상을 끊을 수 있는 법을 일러 주십시오!"

혜가선사가 제자를 지그시 바라보며 물었다.

"이놈아, 네가 말하는 그 번뇌와 망상이 어디에 있기에 끊겠다는 것이냐?"

제자가 대답했다.

"스승님, 어디에 있는지 전혀 모르겠습니다."

"이놈아! 그걸 말이라고 하느냐? 어디에 있는지도 모른다면 허공과 같을진대 어떻게 끊어버리겠다는 것이냐?"

제자가 대답했다.

"스승님, 경전에 보면 모든 악을 끊고 모든 선을 행해야 부처가 된다고 하지 않았습니까?"

이 말을 들은 혜가선사가 빙긋이 웃으며 말했다.

"이놈아! 그 악과 선은 다 망상에 지나지 않느니라. 네 마음에서 일어나는 것일 뿐이니라. 알겠느냐?"

그러자 제자는 전혀 이해가 되지 않는 듯한 표정으로 따지듯 물었다.

"아니, 스승님! 어떻게 그게 다 망상이라 하십니까?"

이에 혜가선사는 제자를 가만히 바라보며 예를 들어 설명해 주었다.

"이놈아, 너의 집 앞에 큰 바위가 하나 있다고 하자. 너는 평소 그 바위 위에 앉거나 누워서 쉴 수 있었다. 그런데 만약 그 바위에 부처를 새겨놓거나 불상을 만들었다면 너는 과연 어찌 하겠느냐? 평소처럼 그 바위 위에 눕거나 앉아서 쉴 수 없을 것이다. 하지만 그 바위는 본래 돌일 뿐이다. 네 마음이 그렇게 바위를 경외敬畏하게 만든 것이니라."

순간, 제자는 뭔가를 깨달은 듯 아무 말 없이 스승을 바라보기만 했다. 잠시 말을 끊었던 혜가선사는 제자의 얼굴이 편안해지는 것을 보고 다시 말을 이었다.

"또한 그 바위에 사나운 짐승이나 귀신 따위를 그려놓았다면 네 스스로도 무서워하겠지. 그 무서움 역시 네 마음이 만든 것이니라. 그렇다면 그것들을 실제로 보았느냐? 그것들 모두 실체가 있느냔 말이다. 모두 너의 망상이 그렇게 만들었을 뿐이니라! 알겠느냐?"

순간, 제자는 큰 깨달음을 얻었다.

풀과 나무의 법문은
풀과 나무가 듣는다

사람마다 마음속에 참문장이 있지만
옛 사람의 온전치 못한 말에 모두 막혀 버리고,
사람마다 마음속에 한가락의 참다운 노래를 갖고 있지만
세상의 난잡한 가무에 모두 묻혀버린다.
그러므로 배우는 사람은 하찮은 외부의 사물을 쓸어버리고
본래의 참마음을 찾아야 비로소 참다운 보람을 얻게 될 것이다.

_채근담

하루는 동산스님이 스승인 운암선사에게 물었다.

"스승님, 풀과 나무의 법문法文은 누가 들을 수 있습니까?"

운암선사가 말했다.

"풀과 나무의 법문은 풀과 나무가 듣느니라."

그 말에 동산이 고개를 갸웃거리며 다시 물었다.

"그럼 스승님 역시 풀과 나무의 법문을 들을 수 있습니까?"

운암선사가 대답했다.

"동산아, 내가 들을 수 있다면 너는 나의 법문을 아예 듣지 못할 것이다."

이에 동산스님은 약간 상기된 얼굴로 말했다.

"그러면 저는 스승님의 법문을 아예 듣지 못하겠습니다."

이 말을 들은 운암선사는 동산을 심하게 꾸짖었다.

"이놈아! 사람의 법문도 듣지 못하는 놈이 어떻게 풀과 나무의 법문을 듣는다고 난리더냐!"

이 말 한마디에 동산은 크게 깨달았다.

좁쌀의 크기를 아느냐?

낮은 곳에 살아본 뒤에야
높은 곳에 오르는 것이 위험한 줄 알게 되고,
어두운 곳에 있어 보아야 밝은 빛의 눈부심을 알게 되며,
한적한 생활을 해본 뒤에야 움직임을 좋아하는 것이
수고롭다는 사실을 알게 되고,
침묵을 지켜보아야 말 많음이 시끄러운 것임을 알게 된다.

_채근담

하루는 설봉선사雪峰禪師에게 한 제자가 심오하기 짝이 없는 질문을 했다.

"스승님, 우리가 바라볼 수 있는 저 우주는 과연 크기가 얼마나 될 것 같습니까?"

이 말을 들은 설봉선사는 잠시 머뭇거리는 듯하더니 제자에게 되레 질문을 했다.

"그럼 너는 좁쌀의 크기가 얼마인지 알고 있느냐?"

갑작스런 스승의 질문에 제자는 그 정도는 대답할 수 있다는 듯이 아주 의기양양하게 "예, 스승님!" 하고 큰소리로 대답했다. 그러자 설봉선사는 제자를 한심하다는 듯이 바라보며 다시 말을 이었다.

"이놈아, 좁쌀의 크기는 얼만지 잘도 안다면서 어찌하여 우주의 크기를 모른다고 말하느냐!"

3장

나도
사로잡힐 뻔 했구나

부처를 만나면 부처를 먼저 베고
나를 만나면 나 역시 먼저 베어라.
그런 연유에야 참된 나를 만날 수 있다.

바로 여기
있지 않느냐!

천지는 고요하여 움직이지 않으나 그 작용은 잠시도 쉬지 않고,
해와 달은 밤낮으로 분주하게 움직여도
그 밝음은 영원히 변하지 않는다.
그러므로 사람은 한가한 때일수록 다급한 일에 대처하고,
바쁜 때일수록 여유 있는 마음을 가져야 한다.

_채근담

하루는 마조선사와 제자 백장百丈이 해가 저무는 강기슭을 묵묵히 걸어가고 있었다.

그때 한 무리의 들오리들이 떼를 지어 울면서 저녁노을이 붉디붉게 물든 하늘로 줄지어 날아가는 것을 함께 보았다. 그 광경을 보고 문득 마조선사가 물었다.

"아니, 저게 무슨 소리냐?"

백장이 대답했다.

"들오리 떼 울음소리입니다."

그러고 난 후 한참동안 말없이 걷던 마조선사가 백장에게 다시 물었다.

"백장아, 그 들오리 떼 울음소리가 어디로 갔느냐?"

백장이 대답했다.

"아까 멀리 서쪽으로 날아가 버렸습니다."

이 대답이 떨어지자마자 마조선사가 제자 백장의 코를 잡고 힘껏 비틀어버렸다.

얼떨결에 코가 잡힌 백장은 얼마나 아팠는지 그만 비명소리를 크게 질렀다.

"아악-!"

그러자 마조선사가 벼락 같이 호통을 치면서 말했다.

"이놈아, 멀리 날아갔다더니 바로 여기 있지 않느냐!"

산색은 법신이고
물소리는 설법이다

비가 갠 뒤에 산색을 보면
경치가 더욱 새롭다고 느끼며,
고요한 밤에 종소리를 들으면
그 울림이 더욱 맑고 높은 법이다.

_채근담

당송唐宋 9대 문장가 중의 한 사람인 시인 소동파蘇東坡가 당대 큰스님으로 추앙 받던 승호承皓스님을 시험해보기 위해 변장을 하고 찾아갔다. 승호스님이 먼저 소동파에게 물었다.

"그대의 존함은 무엇인가?"

소동파가 대답했다.

"저의 성은 칭秤입니다."

승호스님이 물었다.

"칭가란 말이더냐?"

그러자 소동파가 역정 섞인 투로 말했다.

"아니, 스님! 천하의 도인과 선지식 학자의 무게를 달아보는 저울도 모른단 말입니까?"

소동파의 오만방자하고 무례하기 짝이 없는 말에 승호스님은 꿈쩍도 하지 않았다. 오히려 그의 말이 떨어지기 무섭게 벼락같은 소리를 내질렀다.

"할!"

그러고는 덤덤하게 물었다.

"방금 이 소리는 몇 근이나 되느냐?"

순간, 소동파는 죽을상이 되어 집으로 돌아가면서 게송 한 줄을 남겼다.

"산색山色은 그대로가 법신法身이고 물소리는 그대로가 설법說法이다."

벽돌을 왜
바위에 가십니까?

열 마디 말 가운데 아홉 마디가 맞아도 반드시 신기하다며 칭찬하지 않지만,
단 한 마디라도 맞지 않으면 비난의 목소리가 사방에서 들끓는다.
열 가지 일 가운데 아홉 가지를 이루어도 공을 인정하지 않지만,
한 가지만 실패해도 비난의 목소리가 사방에서 빗발친다.
그러므로 군자가 차라리 입을 다물지언정 떠들지 않고
차라리 모르는 척해 버리고 아는 체하지 않는 것은 그 때문이다.

_채근담

회양선사懷讓禪師가 반야사般若寺 주지로 있을 때 일이었다.

어느 날 마조가 찾아왔을 때였다. 회양선사가 마조에게 물었다.

"스님, 좌선은 무엇 때문에 하십니까?"

마조가 대답했다.

"성불하려고 하느니라."

마조의 대답에 회양선사는 아무 말도 않고 벽돌을 하나 들고는 바위 위에 갈기 시작했다. 그 모습을 괴이하게 여긴 마조가 물었다.

"스님, 갑자기 벽돌을 왜 바위에 가십니까?"

"거울이나 만들어볼까 해서 그런다."

그러자 마조가 재미있다는 듯이 크게 웃으면서 물었다.

"허허, 스님! 별말씀을 다 하십니다. 정말 벽돌을 갈아 거울을 만들 수 있습니까?"

그 말에 벽돌을 갈던 회양선사가 마조를 힐끔 쳐다보며 퉁명스레 대답했다.

"마조야, 벽돌을 갈아서 거울을 만들 수 없다면 좌선을 죽으라 한다고 해도 역시 성불할 수 없는 것 아니냐?"

그에 마조가 정색을 하며 물었다.

"스님, 그렇다면 어떻게 해야 합니까?"

회양선사가 되물었다.

"마조야, 만약 소달구지가 움직이지 않으면 달구지에 채찍질을 해야 하느냐? 아니면 소에게 채찍질을 해야 하느냐?"

마조가 아무 말도 못하고 가만히 서 있자 회양선사가 그를 호되게 꾸짖었다.

"이놈, 마조야! 중들이 좌선을 한답시고 가만히 앉아 있는 것은 부처 흉내만 내는 것이다. 그건 부처를 죽이는 일이야. 또한 선은 그저 앉거나 눕거나 해서는 안 된다. 법은 영원한 것이어서 어떤 형태에 얽매이지 않아야 하느니라! 알겠느냐?"

말뚝은
얼마나 크더냐?

세상 사람들은 영리를 위해 속박 당해 있으면서 걸핏하면 티끌 같은 세상이요,
괴로운 바다라고 말하지만 이것은 모두 구름이 희고 산이 푸르며,
냇물이 흐르고 바위가 서 있으며, 꽃이 피어 새를 반기고,
골짜기가 나무꾼의 노랫소리에 화답하는 줄을 모르기 때문이다.
세상은 티끌도 아니고 또한 괴로운 바다도 아닌데,
스스로 자기 마음을 그렇게 만들었을 뿐이다.

_채근담

어느 날 어떤 스님이 석두선사石頭禪師를 불쑥 찾아왔다.

석두선사가 물었다.

"너는 지금 어디에서 오느냐?"

그 스님이 대답했다.

"강서에서 옵니다."

석두선사가 다시 물었다.

"강서에서 온다면 혹시 마조를 보았느냐?"

그 스님이 대답했다.

"네, 보았습니다."

그러자 석두선사는 눈앞에 보이는 큰 말뚝을 가리키며 물었다.

"마조가 어찌 저 말뚝과 같겠는가?"

이 느닷없는 질문에 그 스님은 어안이 벙벙한 채 미처 답변을 못하고 눈만 깜빡거렸다.

잠시 후, 그 자리를 벗어난 스님은 곧장 마조선사를 찾아가 석두선사와 있었던 이야기를 들려주면서 그 뜻을 아직도 모르겠으니 제발 헤아릴 수 있게 해달라고 간청했다. 그러자 마조선사가 스님에게 물었다.

"네가 본 말뚝은 얼마나 컸더냐?"

스님은 본대로 대답했다.

"몹시 커다랬습니다."

그 말에 마조선사가 말했다.

"그렇다면 너는 힘이 장사라 할 만하겠구나."

스님은 의아해하는 얼굴로 물었다.

"아니, 스님. 그 말씀이 무슨 뜻입니까?"

그 말에 마조선사가 웃으며 말했다.

"네가 그곳에서 큰 말뚝 하나를 지고 이곳까지 왔으니 어찌 장사가 아니겠느냐."

무욕無慾

남보다 좀 더 가지려 안달하는
속된 어리석음은
감히 버리지 못하는 이기적 몸부림일 뿐
무욕은 자기희생을 외면하는
사리사욕으로 인해
나 아닌 남에게 상처를 남긴다

헛되고 그릇된 과욕이
섣부른 만용으로 넘쳐날 때
가지고 싶은 만큼만 가지고 싶은 진정한 무욕은
그 어디에도 구원받지 못하는
겉치레 선행처럼
오늘도 제자리를 잃고 방황을 서둔다

어제보다 좀 더 가지고 싶은
탐심을 내려놓음이
마음속 깊이 뿌리를 내려
제자리를 찾을 때
우리 모두가 소망하는
무욕의 깨달음은
비로소 완전한 자유로 우리를 구원한다

_박치근

모든 것은 마음이 근본이다.
마음에서 나와 마음으로 이루어진다.
나쁜 마음을 가지고 말하거나 행동하면
괴로움이 그를 따른다.
수레바퀴가 소의 발자국을 따르듯이.

모든 것은 마음이 근본이다.
마음에서 나와 마음으로 이루어진다.
맑고 순수한 마음을 가지고 말하거나 행동하면
즐거움이 그를 따른다.
그림자가 그 형체를 따르듯이

_법구경 法句經

이놈의 당나귀가!

옛 친구를 만나거든 이전에 사귀었던 정에 금이 가지 않도록
마음가짐을 더욱 새롭게 하고, 비밀스런 일을 처리할 때는
남의 의심을 사지 않게끔 더욱 분명히 할 것이며,
불우한 친구나 사람을 대할 때는 예우를 더욱 융숭하게 해야 한다.

_채근담

하루는 유정이 스승 마조선사의 심부름을 가게 되었다. 마조선사의 서신을 국사國師로 있는 혜충에게 전하러 가는 것이었다.

유정이 길을 바삐 가다가 황제의 사자使者와 마주쳤다. 유정과 마주친 사자는 반가운 마음에 공양을 함께 하자고 했다. 유정이 바쁜 마음을 누르고 억지로 사자와 공양을 하고 있는데 옆에 있던 당나귀가 갑자기 히잉-! 하고 울었다. 이때 사자가 유정을 놀려주려는 심산으로 당나귀를 쳐다보며 한마디 던졌다.

"예끼! 이놈의 중이!"

유정이 공양을 하다가 사자를 바라보니 사자의 손이 당나귀를 가리키고 있었다.

이에 유정은 사자를 빤히 쳐다보면서 크게 호통을 쳤다.

"이놈의 당나귀가!"

묵은 번뇌가 몽땅 사라졌다

자신이 만물의 주인공이 되어 만물을 자기 뜻대로 쓸 줄 아는 사람은
명리를 얻었다고 해서 기뻐하지 않고, 잃었다 해서 근심하지 않는다.
이처럼 유연하게 세상을 산다면 온천지가 다 그의 것이 된다.
그러나 만물의 지배를 받는 사람은 물건의 노예가 되기 때문에
고난과 역경을 싫어하고, 또한 순경順境을 아끼니
티끌만한 일에도 금방 얽매이게 된다.

_채근담

출가出家 전 사냥을 직업으로 삼던 석공石鞏이 하루는 산속에서 사슴 한 마리를 정신없이 뒤따르다가 마조선사의 토굴 앞을 지나가게 되었다.

이때 잠시 토굴에서 밖으로 나와 쉬고 있던 마조선사가 그 모습을 보았다. 숨을 가파르게 몰아쉬며 달려오던 석공이 한가하게 서 있는 마조선사에게 물었다.

“스님, 혹시 이 앞으로 도망가는 사슴을 보지 못했습니까?”

그러자 마조선사가 활을 들고 있는 석공에게 짐짓 태연하게 되물었다.

“그대는 무엇을 하는 사람인가?”

그러자 석공이 예를 갖춰 대답했다.

“스님, 보시다시피 저는 사냥꾼입니다.”

마조선사가 다시 물었다.

“그럼 화살을 잘 쏘겠구먼.”

석공이 자랑스레 대답했다.

“예, 활 하나는 잘 쏘는 편입니다.”

그 대답에 마조선사가 재차 물었다.

“그럼 묻겠네. 자넨, 화살 하나에 몇 마리나 잡을 수 있는가?”

석공이 당연하다는 투로 대답했다.

“한 마리밖에 잡지 못합니다.”

그러자 마조선사가 빈정거리는 투로 말했다.

“에이, 그런 실력이라면 화살을 쏠 줄 모른다고 해야지.”

그 말에 석공이 비아냥거리는 투로 물었다.

“그럼 스님은 화살이나 쏠 줄 아십니까?”

마조선사가 태연하게 대답했다.

“아암! 나도 쏠 줄 알지.”

석공이 재차 물었다.

"그럼 스님은 화살 하나로 몇 마리나 잡을 수 있습니까?"

그 말에 마조선사가 대답했다.

"나는 화살 하나로 한 무리는 족히 잡을 수 있지."

그 대답이 석공이 발끈했다.

"아니, 스님! 스님이 어찌 살아 있는 생명을 무리로 잡는단 말입니까?"

"그대는 그런 것까지 잘 알면서 왜 이쪽은 쏘지 못하는가?"

석공을 가리키며 왜 자기 자신에게는 화살을 쏘지 않느냐고 되물은 마조선사의 말에 한순간 정신이 번쩍 든 석공은 마조선사에게 다시 지혜를 구했다.

"스님, 제 자신을 잡으려 해도 어찌 할 줄 모르겠습니다. 스님, 제 자신을 잡을 수 있는 깨달음을 주십시오."

이에 마조선사가 입가로 엷은 미소를 머금으며 말했다.

"이 사람아, 이제 자네의 묵은 번뇌가 오늘로 몽땅 사라졌네."

마조선사가 쏜 화살에 맞은 석공은 그 자리에서 활과 화살을 꺾어버리고 출가하여 마조선사의 제자가 되었다.

참새도 불성이 있다

한 번 잘못한 생각으로 하늘의 뜻을 거역할 수도 있고,
한 마디 잘못한 말로 천지자연의 조화를 깨트릴 수 있으며,
한 가지 그릇된 일로 자손들에게 재앙을 줄 수도 있으니,
매사에 생각과 행동을 할 때 모든 주의를 기울여야 한다.

_채근담

하루는 승상丞相 최윤崔胤이 동사선사東寺禪師를 따라 불전佛殿에 들어갔다.

그때 어디선가 날아온 참새 한 마리가 부처 머리 위에 똥을 싸는 것을 보고는 물었다.

"스님, 저 참새에게도 불성佛性이 있는지요?"

동사선사가 흔쾌히 대답했다.

"암, 있지. 있고 말고!"

그 말에 최윤이 못마땅한 얼굴로 물었다.

"아니, 스님! 불성이 있다면 어찌 감히 부처님 머리 위에 똥을 쌀 수 있답니까?"

이에 동사선사가 대답했다.

"만약 불성이 없다면 그 위에 똥을 쌀 수 있겠소?"

어디 부처가 따로 있나

인생의 복과 재앙은 모두 마음속에서 이루어진다.
그러므로 석가모니는 '욕심이 타오르면 그것이 곧 불구덩이요,
탐애貪愛에 빠지면 곧 고해苦海이다.
마음이 맑으면 불길이 연못이 되고,
마음이 깨닫게 되면 배는 피안에 닿는다'고 하였으니,
생각이 달라지면 이처럼 경계는 갑자기 변하게 된다.
그러니 가히 삼가지 않을 수 있겠는가?

_채근담

어느 날 경전에 조예가 깊다는 무업無業스님이 마조선사를 찾아왔다. 법당 안으로 들어오며 예를 갖추는 무업의 쩌렁쩌렁한 목소리와 거대한 체구를 보며 아무렇지도 않다는 듯이 마조선사가 가슴을 찌르는 한마디를 했다.

"에이, 법당은 웅장하기 그지없는데 아쉽게도 그 안에 있어야 할 부처가 없구나."

그 말에 그만 무업은 마조선사 앞에 무릎을 꿇으며 말했다.

"스님, 저는 모든 경전을 다 읽었습니다. 그렇지만 마음이 곧 부처라는 말은 아직도 이해하지 못하고 있습니다. 스님, 저에게 지혜를 주십시오."

그러자 마조선사는 당연하다는 표정을 지으며 말을 이었다.

"그걸 이해하지 못하는 그 마음이 바로 부처라네. 어디 부처가 따로 있더냐."

다시 깨우침을 주는 마조선사의 가르침에도 당최 무슨 뜻인지 모르겠다는 듯이 무업이 다시 물었다.

"스님, 달마대사께서 널리 전해주었다는 심법心法에 대해 일러 주십시오."

그 말에 마조선사가 귀찮다는 듯이 얼굴을 돌리며 말했다.

"자넨 쓸데없는 것을 또 묻는구나. 잠시 나갔다가 다시 들어오게나."

마조선사에게 마음이 쏙 들어오는 깨우침을 한껏 기대했던 무업은 일순간 무색해짐을 떨쳐버리지 못했다. 그 순간적인 어색함을 이기려고 무업은 몸을 일으켜 문 쪽으로 돌아나가려 했다. 그 때 마조선사가 큰 소리로 무업을 불러 세웠다.

"여보시게, 무업!"

무업은 뒤돌아서서 마조선사를 물끄러미 쳐다보았다. 마조선사가 눈으로 무업을 가리키며 말했다.

"자네는 무엇인가?"

이 단순한 질문에 한순간 깨달음을 얻은 무업은 마조선사에게 큰절을 올리며 말했다.

"스님, 경전을 통달한 제가 그 위에 아무도 없는 줄 알고 늘 자만하며 살았습니다. 그런데 오늘 선사님을 만나지 않았다면 일생을 헛되이 보낼 뻔했습니다. 선사님의 주신 큰 깨달음 평생 잊지 않겠습니다. 부디 성불하십시오!"

땅을 치는 뜻이 무엇입니까?

일이 없을 때는 마음이 흐트러지기 쉬우니
정적 속에서도 깨어나 밝게 비춰보아야 하고,
일이 있을 때는 마음이 흩어지기 쉬우니
밝은 지혜로써 침착함을 가져야 한다.

_채근담

뜰에 앉은 참새가 부리로 땅을 바쁘게 쪼아 대고 있었다. 한 스님이 그 모양을 보고 남전선사에게 물었다.

"스님, 어째서 참새는 저렇게 바쁜 것입니까?"

그 말을 들은 남전선사가 얼른 신발을 벗어 참새의 모습을 흉내라도 내듯 땅을 쳐댔다. 그걸 본 스님이 다시 물었다.

"스님, 땅을 치는 뜻이 무엇입니까?"

남전선사가 말했다.

"참새를 쫓아내려고 하네."

목불木佛에 사리가 어디 있나

남을 꾸짖을 때는 허물이 없는 가운데서도
허물이 없음을 찾아내면 감정이 평온해진다.
자기를 꾸짖을 때는 허물없는 속에서도
허물이 있음을 찾아내면 덕이 자란다.

_채근담

법명法名이 천연天然인 단하선사丹霞禪師가 낙양 혜림사에 잠깐 머물 때 이야기다.

하루는 겨울 날씨가 하도 매서워 추위를 참지 못하고 이곳저곳을 돌아다니며 간단히 몸을 녹일 만한 땔감을 찾았다. 그러나 절 근처에서는 땔감으로 쓸 만한 나무를 구하지 못하자 그만 포기하고 살을 에는 찬바람이라도 피할 생각에 법당으로 들어갔다.

마침 법당 안에 모셔진 목불을 발견한 단하선사는 그 목불을 들고 마당으로 나와 도끼로 쪼개 불을 지폈다. 이를 본 절의 스님

하나가 황급히 뛰쳐나오더니 길길이 날뛰며 고함을 쳤다.

"아니, 스님! 스님! 이 무슨 미친 짓입니까? 아실만한 분이 이 무슨 해괴망측한 일을 벌인단 말이오!"

그러자 단하선사는 아주 천연덕스럽게 말했다.

"스님, 지금 나는 부처를 태워 사리舍利를 얻으려는 중이오."

단하선사의 얼토당토않은 말에 화가 머리끝까지 솟구친 스님은 크게 소리쳤다.

"스님, 지금 제정신이오? 목불에 무슨 사리가 있다고 불에 태운단 말이오?"

그 말에 단하선사가 오히려 스님에게 호통을 쳤다.

"사리가 없는 부처를 불에 태웠다고 해서 나를 원망할 필요는 없는 거 아니요."

이 일을 전해 들은 어떤 스님이 진각선사眞覺禪師에게 물었다.

"단하선사가 법당 안에 있는 목불을 도끼로 쪼개 불을 피우는 바람에 그 절 스님은 펄쩍 뛰었다고 합니다. 과연 이 두 사람 중 누구의 허물입니까?"

그러자 진각선사가 말했다.

"누구에게도 허물이 없느니라. 그 스님의 눈에는 부처만 보였고 단하선사의 눈에는 나무만 보였느니라!"

바쁘다 바빠

물은 흐르면서도 소리 없이 흐르니,
시끄러운 곳에 처해 있으면서도
정적을 보는 맛을 얻어야 할 것이다.
산이 높아도 구름은 거리끼지 않으니,
유에서 나와 무로 돌아가는 마음을 깨달을 것이다.

_채근담

어느 날 천연선사天然禪師가 마곡선사麻谷禪師와 함께 산을 오르고 있었다.

폭우가 온 뒤여서 그런지 구불구불한 골짜기 사이로 물이 세차고 급하게 흘러가고 있었다. 이를 보던 마곡선사가 천연선사에게 물었다.

"이보게 천연, 열반이란 무엇이라 생각하는가?"

천연선사는 이 말을 들었는지 못 들었는지 짐짓 딴청을 피우듯 말했다.

"바쁘다, 바빠!"

그 말에 마곡선사가 물었다.

"아니, 무엇이 그리 바쁘단 말이냐?"

그러자 천연선사가 천연덕스럽게 말했다.

"저 물 말일세."

세 살 먹은
어린아이도 아는 일

악은 숨겨지기를 싫어하고 선은 드러나기를 싫어한다.
그러므로 드러난 악은 재앙이 얕고 숨겨진 자는 재앙이 깊으며,
선이 나타난 자는 공적이 작고 숨겨진 자는 공적이 크다.

_채근담

도림선사道林禪師는 날마다 소나무 위에 올라가서 참선을 하는 기이한 스님이었다.

하루는 시인인 백거이白居易가 도림선사를 찾아왔다. 오늘도 높은 소나무 위에 오롯이 앉아 있는 도림선사를 올려다보고 말했다.

"스님, 그만 내려오십시오. 지금 앉아 있는 곳은 매우 위험천만합니다."

그러자 도림선사가 백거이를 내려다보며 큰 소리로 외쳤다.

"내가 보기엔 그대가 더 위험천만하오."

그 말에 어이가 없다는 듯한 표정을 한 백거이가 도림선사를 올려다보며 다시 소리쳤다.

"스님, 제가 더 위험천만하다니 도대체 말이 되는 소립니까?"

그 말에 도림선사는 아주 걱정스럽다는 표정을 지으며 또다시 큰 소리로 말했다.

"그대의 생각이 바싹 마른 땔나무에 불 붙듯 하고 성품이 잠시도 머물지 않으니 어찌 위험하지 않겠소?"

이에 백거이가 다시 물었다.

"스님, 그럼 어떻게 수행을 해야 합니까?"

도림선사가 말했다.

"악을 짓지 말고 선을 행해야 합니다."

뻔한 이야기를 한다는 표정으로 백거이가 되받았다.

"스님, 그런 말은 세 살 먹은 어린아이도 다 아는 일입니다. 다른 것을 일러주십시오."

이에 도림선사는 혀를 끌끌 차며 한심하다는 듯이 말을 이었다.

"쯧쯧, 세 살 먹은 아이도 쉽게 할 수 있는 일이나 백 살 먹은 노인조차도 행하기 어려운 게 바로 그것이거늘. 그걸 어찌 모른단 말이요!"

호랑이는
호랑이일 뿐이다

마음이 흔들리면 활 그림자도 의심하여 뱀이라 하고,
쓰러진 바위도 호랑이로 보이니 이런 가운데에서는
모두가 해치는 기운뿐이다. 마음이 가라앉으면 사나운 석호石虎도
바다 갈매기로 길들일 수 있고, 개구리 울음소리도 음악처럼 들리니
이르는 곳마다 참다운 것을 보게 될 것이다.

_채근담

하루는 남전선사가 귀종이라는 사람과 함께 험한 산길을 걸어가고 있었다. 나무들이 빽빽이 들어선 숲 한가운데를 지나다가 호랑이와 정면으로 마주쳤다. 너무 놀라 옴짝달싹도 못한 남전선사는 가까스로 숨을 고른 뒤 귀종을 황급히 불렀다.

"이보게, 귀종 사형!"

이에 귀종은 당당하게 호랑이 앞으로 나서며 보란 듯이 벽력같은 소리를 크게 내질렀다. 그러자 당장이라도 덮칠 듯이 위풍당당하던 호랑이가 이내 꼬리를 내리고 숲 속으로 사라졌다. 이 모습을 지켜본 남전선사가 귀종에게 물었다.

"사형은 호랑이가 어떻게 보였습니까?"

그 말에 귀종이 약간 으스대는 듯한 몸짓을 하며 거만한 목소리로 대답했다.

"내 눈에는 꼭 고양이 같았습니다."

그 대답에 남전선사는 "허허, 나와는 약간 다르게 보았구먼." 하고 말했다. 그러자 이번에는 귀종이 남전선사에게 똑같은 질문을 던졌다.

"그럼 사제께서는 호랑이가 어떻게 보였단 말입니까?"

남전선사가 스스럼없이 대답했다.

"나는 그냥 호랑이로 보였습니다."

겨자씨 속에
수미산을 넣다

깨끗한 마음으로 책을 읽어야 참된 옛것을 배울 수 있다.
그렇지 않으면 한 가지 선행을 보면 이를 훔쳐 자신의 욕심을 채우게 되고,
한 마디의 좋은 말을 들으면 그것을 빌어 자기의 잘못을 덮는 데 쓴다.
이것이야말로 적에게 무기를 빌려주고 도둑에게 양식을 제공하는 것과 같다.

_채근담

어느 날 마조선사의 법통을 이은 귀종선사歸宗禪師에게 이만권李萬券이라고 불리는 사람이 찾아왔다. 귀종선사에게 예를 갖춘 후 한마디 던졌다.

"스님, 불경을 읽다 의문이 든 게 있어 스님께 가르침을 받을까 찾아왔습니다."

귀종선사가 말했다.

"이왕 왔으니 말해 보시게."

"스님, '수미산에 겨자씨를 넣는다'고 말하는 것은 이해가 됩니

다. 그런데 스님, '겨자씨 속에 수미산을 넣는다'고 쓰여 있는데 이는 허무맹랑한 거짓말 아닙니까?"

이에 귀종선사가 이만권을 빤히 쳐다보며 약간 귀찮다는 듯이 말했다.

"사람들이 말하길 당신이 1만 권의 책을 읽은 후 출세했다고 하는데 그게 사실입니까?"

그 말에 이만권은 자랑스레 대답했다.

"네, 스님. 틀림없는 사실입니다."

그러자 귀종선사가 딱하다는 듯이 말했다.

"그렇다면 당신 몸 그 어디에 일만 권의 책이 들어갈 수 있겠소?"

꿀 먹은 벙어리처럼 아무 말도 못한 이만권은 망연한 표정으로 귀종선사를 바라보았다.

산사 풍경소리

서녘 하늘 저편 너머
타오르는 붉은 노을
추색의 전설 드리운
오색 단풍 물결
깊어가는 가을 계곡

굽이굽이 승무를 추듯 분분하다

바람과 하늘과 빛
한데 어우러져 빚는
사계절 순수한 열정은
임의 숨소리만큼
한결 살갑고 다정스럽다

고즈넉한 산사 추녀 밑
풍경에 걸린 초겨울 햇살
임의 속삭임처럼 따스하디 따사롭다

_박치근

하늘에서 보물이 비처럼 쏟아져도
욕심 많은 사람은 만족을 모른다.
욕심은 괴로움만 줄 뿐, 즐거움은 없나니
황금이 태산처럼 쌓여도 무엇으로 만족할까?

_중아함경中阿含經

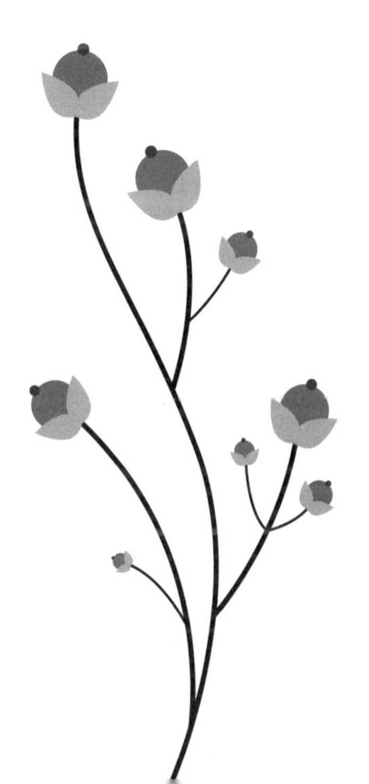

마음을 가진 이
모두 부처다

남보다 한 걸음 높이 서서 뜻을 세우지 못한다면,
마치 티끌 속에서 옷을 털고 진흙 속에서 발을 씻는 것과 같으니
어찌 인생을 달관할 수 있겠는가? 세상을 살아가면서
한 걸음 물러서지 못한다면 마치 불나방이 등불에 뛰어들고
숫양이 담벼락을 들이받는 것과 같으니 어찌 안락함을 바라겠는가?

_채근담

깨달음을 얻은 고령선사高靈禪師가 자신에게 계戒를 내려준 스승이 있는 옛 절을 찾았다. 스승의 은혜도 갚고 시봉도 하기 위해서였다. 그러나 그 기회가 좀처럼 오지 않았다.

어느 날이었다. 스승이 목욕을 하다가 등을 밀어달라고 고령선사를 불렀다. 고령선사가 스승의 등을 밀면서 한마디 던졌다.

"법당은 좋은데 부처가 성스럽지 못하구나!"

얼핏 들어도 예사말이 아닌 듯하여 스승이 고개를 돌려보니 제자 고령선사가 또 말했다.

"부처는 성스럽지 못하나 광채는 있구나!"

그날 이후, 법당에 새 창호지를 바른 어느 날이었다. 햇빛이 잘 들어 한결 밝아진 방 안으로 벌 한 마리가 들어왔다. 방을 맴돌던 벌이 밖으로 나가려다가 창호지에 머리를 자꾸 부딪치는 것을 보고 고령선사가 말했다.

"세계가 저리 넓고 큰데 그리로 갈 생각은 않고 창호지만 두드리고 있구나!"

이 말은 들은 스승은 읽던 책을 덮고 고령선사에게 물었다.

"네 말을 들으니 뭔가 느껴지는 게 있구나. 자세히 이야기 좀 해보렴."

이 물음에 고령은 이때다 싶어 백장선사의 시詩 '심요心要'를 들려주었다.

심성은 오염되지 않고 _심성무염心性無染

본래 뚜렷하고 완전하다 _본자원성本自圓成

허망한 인연을 끊기만 한다면 _단리망연但離妄緣

즉시 부처와 같이 되리라 _즉여여불卽如如佛

이 시가 끝나자마자 문득 깨달음을 얻은 스승이 이렇게 말했다.

"원래 부처님은 한 분이라고 들었다. 그런데 네 말을 듣고 보니 마음을 가진 이 모두 부처구나."

그럼 똥은 어디로 눕니까?

꽃을 가꾸고 대나무를 심으며
학을 즐기고 물고기를 바라볼지라도
그 가운데에서 깨닫는 바가 있어야 한다.
만약 한낮 그 광경에 빠져
겉모습만 희롱한다면 이는 역시
우리 유교에서 말하는 구이지학口耳之學이요,
불교에서 말하는 일체가 공空일 뿐이니,
어찌 진리를 깨달았다고 할 수 있겠는가?

_채근담

삼평선사三平禪師가 있는 절로 황대구黃大口라 불리는 스님이 찾아온 적이 있었다. 삼평선사가 그에게 물었다.

"대구(입이 크다는 뜻)스님의 소문은 이미 오래전에 들었습니다. 그대가 그 스님이 맞습니까?"

그가 대답했다.

"그러하옵니다, 스님."

삼평선사가 다시 물었다.

"입의 크기가 도대체 얼마나 크기에 그리 불립니까?"

그가 웃으며 대답했다.

"온몸이 입이라면 대답이 되겠습니까?"

그 말에 삼평선사가 또다시 물었다.

"그렇다면 똥은 대체 어디로 눕니까?

그 물음에 황대구는 아무 대답도 못했다.

그 사람이 내 속에 있다

세상 사람은 다만 '나'라는 글자만을 참된 것으로 안다.
그러므로 갖가지 기호嗜好와 번뇌가 생겨난다.
옛사람이 말하기를 "내가 있음도 알지 못하면서
어찌 사물의 귀함을 알겠는가?"라고 했다.
또한 "이 몸이 내가 아님을 안다면
어찌 번뇌가 다시 침범하겠는가"라고 했으니,
참으로 적당한 말이다.

_채근담

하루는 운암선사가 차를 달이고 있었다.

그때 한 스님이 와서 정중히 물었다.

"스님, 지금 무엇을 하십니까?"

그러자 운암선사가 그 스님을 쳐다보며 뻔한 일을 왜 묻느냐는 투로 말했다.

"보면 모르는가. 차를 달이는 중이지 않느냐."

스님이 다시 여쭈었다.

"혹시 누구를 주시려고 차를 달이십니까?"

운암선사가 말했다.

"한 사람이 달라고 해서이다."

그 대답에 스님이 대뜸 말꼬리를 물고 늘어졌다.

"그럼 그 사람에게 달이라고 하시지, 왜 손수 달이십니까?"

그러자 운암선사가 낮은 목소리로 말했다.

"그 사람이 내 속에 있기 때문이다."

더우면 그 더위에 뛰어들라

더위를 꼭 없앨 수는 없지만
덥다고 짜증내는 마음을 없애면
몸은 항시 서늘한 마루에 있을 것이요,
가난은 꼭 쫓을 수는 없지만
가난을 근심하는 마음을 쫓으면
마음은 항상 안락한 집에 있을 것이다.

_채근담

어느 날 동산선사洞山禪師가 기거하는 절로 한 스님이 찾아왔다. 스님은 동산선사에게 정중하게 예의를 갖춘 뒤 정좌를 하며 나직이 여쭈었다.

"스님, 추위나 더위가 오면 어떻게 피하는 것이 좋겠습니까?"

동산선사가 말했다.

"그럼 추위나 더위가 없는 곳으로 달아나면 되지."

이 말을 들은 스님이 재빠르게 동산선사에게 물었다.

"스님, 그런 곳이 정말 있는지 알면 가르쳐 주십시오."

그러자 동산선사가 즉각 대답했다.

"추위가 오면 추위 속으로 뛰어들고 더위가 오면 더위 속으로 뛰어들게나."

한낱 속인이 아니었구나

도와 덕을 닦을 때에는 목석 같이 굳은 마음을 가져야 한다.
만일 한 번 탐내고 부러워하는 마음이 일어나게 되면
그 길로 물욕의 세계로 곤두박질친다.
세상을 구하고 나라를 다스림에는
흐르는 물이나 구름처럼 맑은 취미를 가져야 한다.
만일 한 번 탐욕에 집착하게 되면
그 길로 위험한 지경에 처하게 될 것이다.

_채근담

하루는 임제선사臨濟禪師가 있는 선방으로 관청의 한 관리가 찾아왔다. 임제선사를 만난 관리는 평소 궁금해 하던 것들을 물어보았다.

"스님, 선방 스님들은 경을 보십니까?"

임제선사가 대답했다.

"경을 읽지 않는다."

관리가 또 물었다.

"그렇다면 참선을 행하십니까?"

임제선사가 대답했다.

"참선도 하지 않는다."

관리가 재차 물었다.

"아니, 스님. 경도 읽지 않고, 참선도 행하지 않는다면 도대체 무엇을 한단 말입니까?"

임제선사가 대답했다.

"그래도 부처가 되고 조사祖師도 된다네."

그 말에 관리가 엉뚱하기 짝이 없는 질문을 던졌다.

"스님, 금가루가 귀하기는 하나 눈에 들어가면 병이 된다는데 어떻게 생각하십니까?"

임제선사가 혀를 차며 대답했다.

"어허, 자네 한낱 속인俗人으로 보았더니 그게 아니었구먼."

사람을 살리고 죽이는 칼

눈앞의 모든 일을 만족하다고 여기면서 보면 그것이 곧 선경이요,
불만족스럽게 여기면서 보면 그것이 곧 속세이다.
세상에 나타나는 모든 원인을 잘 쓰면 살리는 계기가 되고,
잘못 쓰면 죽이는 계기가 된다.

_채근담

하루는 협산선사夾山禪師의 한 제자가 석상선사石霜禪師를 찾아갔다. 그는 문턱에 걸터앉자마자 얼른 석상선사에게 인사를 했다.

"안녕하십니까, 스님."

하지만 석상선사는 아예 거들떠보지도 않은 채 대뜸 욕부터 내질렀다. 그러자 제자는 벌떡 일어나서는 "그럼 안녕히 계십시오, 스님." 하고는 암자를 나왔다.

제자가 이번에는 암두선사를 찾아갔다. 그곳에서도 문턱에 앉

자마자 똑같이 인사를 했다.

"안녕하십니까, 스님."

그러자 암두선사는 이렇게 반응했다.

"허, 허허!"

제자는 이번에도 문턱에서 벌떡 일어나서는 "그럼 안녕히 계십시오, 스님." 하고는 석상선사에게 한 것과 똑같이 인사를 하고 암자를 떠나가려 했다. 이때 암두선사가 돌아가는 그 제자 뒤로 한마디를 남겼다.

"허, 젊은 중이 예를 아는구먼."

자기 처소로 돌아온 제자는 스승 협산선사에게 두 스님을 방문한 일을 말했다.

후일 법회를 연 협산선사는 그 제자를 불러 그가 겪은 일을 대중들에게 말하라고 했다. 그런 뒤 협산선사는 "모두들 알겠는가?" 하고 대중들에게 물었다. 그러나 수많은 대중들 중에 아무도 대답하는 이가 없었다. 이에 협산선사가 말했다.

"아무도 대답하지 않으니 내가 말하겠다. 석상선사는 사람을 죽이는 칼은 가졌지만 사람을 살리는 칼은 가지지 않았다. 그러나 암두선사는 사람을 죽이는 칼을 지녔고 사람을 살리는 칼도 지녔느니라."

나도
사로잡힐 뻔 했구나

고요한 가운데 고요함은 참된 고요가 아니다.
소란한 가운데서 고요함을 지켜야만
참다운 경지에 이를 수가 있다.
즐거운 가운데 즐거움은 참다운 즐거움이 아니다.
괴로운 가운데서 즐거운 마음을 얻어야만
마음의 참된 본체를 볼 수가 있다.

_채근담

하루는 경천선사鏡淸禪師가 한 스님과 참선을 하고 있었다.

그때 고요한 정적이 흐르는 방 안으로 요란한 빗방울 소리가 갑자기 몰려들었다. 그러자 경청선사가 그 스님에게 천연덕스럽게 물었다.

"문밖에서 들려오는 소리가 무슨 소리냐?"

스님이 말했다.

"빗방울 소리 아닙니까?"

그 말을 들은 경천선사가 나무라는 듯한 목소리로 말했다.

"너는 지금 빗방울 소리에 사로잡혀 있구나."

'빗방울'이라는 말을 들은 스님은 아무렇지도 않다는 듯 도리어 경천선사에게 여쭈었다.

"아니, 선사께서는 저 소리도 들린단 말입니까?"

그 말에 경천선사가 겸연쩍은 얼굴로 말했다.

"아이고, 자칫하면 나도 사로잡힐 뻔했구나."

내일은 기약할 수 없다

세월은 본래 길건만 바쁜 자는 스스로 줄이고,
천지는 본래 넓건만 천한 자는 스스로 좁히며,
바람과 꽃과 눈과 달은 본래 한가한 것이건만
악착같은 자는 스스로 분주하다.

_채근담

차茶를 유난히 좋아하던 한 스님이 차를 마시며 명상을 즐기기 위해 깨끗하고 조용한 방을 만들었다. 그러고는 그 방의 이름을 짓기 위해 예전부터 모시던 선사를 초대했다.

선사가 오기로 한 날, 마침 급한 볼일이 있어 집을 비울 수밖에 없었다. 하여 스님은 사과의 말과 함께 내일 찾아뵙겠다는 내용의 편지를 써서 제자에게 들려 보냈다.

다음 날 볼일을 마친 스님이 집에 돌아와 보니 깜짝 놀랄 일이 벌어졌다. 자신이 집을 비운 사이 찾아온 선사가 문 쪽에 쪽지를 놓고 간 것이다. 펼쳐보니 이런 글귀가 쓰여 있었다.

"이 게으른 중아! 나는 내일을 기약할 수 없다."

법당이 무너진다!

시끄럽고 번잡한 때를 당하면
평소에 기억하던 것도 멍하니 잊어버리고,
깨끗하고 편안한 곳에 있으면
옛날에 잊어버렸던 것도 뚜렷이 기억난다.
이것으로 고요함과 시끄러움이 조금만 갈려도
마음의 어둡고 밝음이 판이하게 달라지는 것을 알 수 있다.

_채근담

약산 유엄선사惟儼禪師는 팔순을 넘길 때까지 꼭 필요하지 않은 말은 하지 않기로 유명했다.

어느 날이었다. 법당에 앉아 좌선을 하던 유엄선사가 갑자기 벌떡 일어나더니 고함을 쳐댔다.

"법당이 무너진다! 법당이 무너진다!"

이 소리에 깜짝 놀란 그의 제자들이 법당 근처로 모두 우르르 몰려나왔다. 그러더니 몇몇 제자는 굵은 버팀목을 찾아와 법당 구석구석을 고이기도 했고, 다른 몇몇은 법당 곳곳을 돌며 금 간 곳이 있는지를 찾아다녔다.

이를 지켜보던 유엄선사가 손을 내저으며 크게 말했다.

"이놈들아! 그런 말이 아니란 말이다."

그렇게 말한 유엄선사는 한동안 배를 움켜쥐고 웃고는 한순간 웃음을 뚝 그치고 숨을 거두었다.

손가락을 자른 뜻은

자기를 반성하는 사람은 부딪치는 일마다 모두 약이 되고,
남을 탓하는 사람은 생각하는 것마다 모두 창과 칼이 된다.
하나는 선의 길을 열고, 하나는 온갖 악의 근원이 되니,
그 차이는 하늘과 땅이다.

_채근담

그 누가 질문을 하든 아무 말 없이 손가락 하나만 세워 보이기로 유명한 이가 구지선사俱指禪師이다.

하루는 구지선사가 자리를 비웠다. 그때 마침 손님이 찾아왔다. 손님은 구지선사를 시봉하는 동자승에게 물었다.

"스님께서는 어떤 법을 가르치십니까?"

그러자 동자승은 아무 말 없이 손가락 하나를 세워 보이며 스승의 흉내를 냈다. 나중에 구지선사가 돌아온 후 동자승이 선사에게 손님이 찾아왔었다고 말했다. 그러자 구지선사가 물었다.

"그래, 무슨 말씀이 없으시더냐?"

동자승이 대답했다.

"예, 제게 스님께선 어떤 법을 가르치시느냐고 물었습니다."

구지선사가 물었다.

"그래, 뭐라고 대답했느냐?"

말이 끝나기 무섭게 동자승은 보란 듯이 얼른 손가락 하나를 세워 보였다. 그러자 구지선사는 주머니 속의 칼을 꺼내더니 그 손가락을 싹둑 잘라버렸다. 고통을 참지 못한 동자승은 잘린 손가락을 움켜쥐고 비명을 지르며 밖으로 뛰쳐나갔다.

바로 그때, 구지선사가 동자승을 불렀다.

동자승이 고개를 돌리며 돌아보자 구지선사가 손가락 하나를 세워 보였다. 순간, 동자승은 자신도 모르게 스승을 따라 손가락을 세웠다. 그러나 손가락은 이미 잘리고 없지 않은가!

그때 동자승은 비로소 깨우쳤다.

사대육신은
본래 공空한 것이다

산하와 대지도 이미 하나의 티끌이거늘
하물며 티끌 속의 티끌이야 일러 무엇 하겠는가?
피와 살과 몸뚱이도 물거품이나 그림자에 지나지 않거늘
하물며 그림자 밖의 그림자야 일러 무엇 하겠는가?
최상의 지혜가 아니면 환히 깨닫는 밝은 마음이 없으리라.

_채근담

하루는 시인인 소동파가 불인선사佛印禪師를 찾아왔다. 마침 거기에는 많은 손님들이 있어 그가 앉을 자리가 없었다. 불인선사가 말했다.

"이거 어쩌죠? 앉을 의자가 없으니 말이외다."

그 말에 소동파가 농담 삼아 말했다.

"선사의 사대육신四大六身을 좀 빌려서 앉을까 하는데 허락하시겠습니까?"

그러자 불인선사가 웃으며 말을 받았다.

"그럼 내가 문제를 낼 테니 거사께서 맞추시면 제가 거사의 의자가 되어 드리고, 못 맞추면 거사의 허리띠를 제게 풀어 주기로 합시다."

이에 소동파는 자신의 비상한 재주를 믿고 흔쾌히 응했다.

"좋습니다. 문제를 내보십시오."

그러자 불인선사가 소동파를 응시하며 말했다.

"인간의 사대육신은 본래 공空한 것인데 거사는 어디에 앉으려 하십니까?"

불인선사가 말한 사대육신은 지地, 수水, 화火, 풍風의 4대 원소가 임시로 모여서 이루어진 것이며, 또 시시각각으로 변화하여 고정된 실체가 없으니 어디에 걸터앉겠느냐는 뜻이었다.

소동파는 아무 대꾸도 못하고 허리띠를 풀어주고 돌아갔다.

과연 그래 가지고 살 수 있을까?

물결이 하늘에 닿으면 배 안에서는 두려움을 모르지만
배 밖의 사람은 마음을 졸이고, 미치광이가 좌중에서 외쳐대면
함께 있는 사람은 경계하지 않지만 함께 있지 않은 사람은 혀를 찬다.
그러므로 군자는 비록 몸은 일 안에 있을지라도
마음은 반드시 일 밖에 있어야 한다.

_채근담

어느 날 한 스님이 경청선사鏡淸禪師를 찾아와서 여쭈었다.

"스님, 저는 마치 껍질을 깨트리고 나가려는 병아리와 같으니 부디 선사께서 그 껍질을 깨트려 주십시오."

그 말인즉슨, 선사가 이끌어주면 곧 큰 깨달음을 얻을 수 있다는 뜻이었다. 이에 경청선사가 말했다.

"허허, 과연 그래 가지고 살 수가 있을까?"

이 말은 아직 성숙하지 않은 병아리가 껍질을 깨트려준다고 해서 밖으로 나오면 죽기 십상이라는 뜻이었다. 그러자 그 스님은 대뜸 이렇게 말했다.

“스님, 그 병아리가 만약 살지 못하면 선사께서는 세상의 웃음거리가 되는 것입니다.”

이 말은 졸탁啐啄의 솜씨도 살활殺活의 영험이 없다면 허수아비가 아니냐는 뜻이었다. 이때 경청선사가 흡족해 하는 얼굴로 크게 꾸짖었다.

“예끼! 이 불한당 같은 놈!”

알고 싶으면
먼저 절을 하라

인정과 세태는 갑자기 1만 가지로 변하는 법이니
너무 참된 것으로 알지 말아야 한다. 송나라 유학자 소강절 선생이 말하기를
'어제의 내 것이 오늘은 문득 남의 것이 되었으니,
오늘의 내 것이 내일은 또 누구의 것이 될 것인가?'라고 했으니,
사람이 항상 이런 마음으로 세상을 본다면
능히 가슴속에 얽매인 것들을 풀 수가 있을 것이다.

_채근담

어느 날 현사선사玄沙禪師가 수행자들에게 말했다.

"요즘 납자들은 포교다, 전도다 하며 남을 구제한다고 하는데, 세 가지 병신이 불쑥 찾아온다면 어떻게 교화시키겠느냐? 장님에겐 쇠망치를 세워 보인들 보일 리가 만무하고, 귀머거리에겐 입이 아프게 지껄여 봤자 들릴 리 없으며, 벙어리에겐 아무리 말을 하라고 한들 말할 리 없으니 대체 어떻게 교화시키겠느냐? 그런 사람을 교화시킬 수 없다면 영험 따위란 없지 않느냐?"

이때 한 스님이 현사선사의 말뜻을 알 수 없어 운문선사에게 가서 이 문제를 물었다. 그러자 운문선사가 말했다.

"네가 알고 싶으면 먼저 절을 해라."

그 스님은 가르침을 받기 위해 절을 하고 일어나니 운문선사가 주장자로 치려했다. 놀란 그 스님은 재빨리 뒤로 물러났다. 이에 운문선사가 말했다.

"이놈, 장님은 아니로구나."

운문선사는 다시 그 스님에게 앞으로 오라고 했다. 그 스님이 다가왔다.

"이놈, 귀머거리도 아니로구나. 이제 알겠느냐?"

그 스님이 대답했다.

"스님, 아직 모르겠습니다."

그러자 운문선사가 말했다.

"허, 이놈! 벙어리도 아니구먼."

그제야 그 스님은 깨달음을 얻었다.

지금 나무와
이야기를 하고 있다

외로운 구름이 골짜기에서 피어나도
머무름에 거리낌이 없고, 밝은 달이 하늘에 걸려도
조용하고 시끄러움을 서로 상관치 않는다.

_채근담

하루는 위산선사가 제자 앙산仰山과 함께 산을 구경하다가 이렇게 물었다.

"앙산아, 물질을 보는 것이 곧 마음을 보는 것이 되느니라."

이에 앙산이 되물었다.

"스승님은 지금 '물질을 보는 것이 곧 마음을 보는 것이 된다'고 하셨습니다. 그럼 저 나무들은 물질이니, 어느 나무가 스승님께서 보신 마음입니까?"

위산선사가 대답했다.

"앙산 네가 마음만을 본다면 어찌 나무가 보이겠느냐? 나무를 본 것이 곧 너의 마음이니라."

앙산이 말했다.

"스승님, 그렇다면 마음을 먼저 본 뒤에 나무가 보인다고 말할 것이지 어째서 나무를 본 뒤에 마음을 본다고 하십니까?"

그러자 위산선사가 말했다.

"앙산아, 나는 지금 나무와 이야기를 하고 있다. 너는 듣고 있느냐?"

이에 앙산이 물었다.

"스님, 나무와 이야기를 나누시면 그뿐이지 저에게 듣고 있느냐 듣고 있지 않느냐 물어서 무엇 합니까?"

그러자 위산선사가 말했다.

"앙산아, 나는 지금 너와도 이야기를 나누고 있다. 듣고 있느냐?"

이에 앙산이 말했다.

"스승님, 저와 이야기를 나누신다면 그뿐이지 듣고 있느냐 듣고 있지 않느냐 물어서 무엇 합니까? 그런 걸 물으시려면 나무에게 듣는가, 못 듣는가를 물으셔야 될 것입니다."

분명 제 손 안에 있지요?

당나라 시인 백낙천은 '몸과 마음을 놓아 버려 눈을 감고,
자연이 되어 가는 대로 맡김이 상책이라' 하였다.
이와는 반대로 송나라 시인 조보지는
'몸과 마음을 거둬들여 단속을 하고 일체의 잡념을 버리고
선禪의 극치에 들어감이 상책이다'라고 했다.
이 둘의 말은 극단적인데, 전자의 말대로
마음을 놓아버리면 미치광이가 되고,
후자의 말대로 마음을 엄히 단속하면 생기가 없어질 것이다.
그러므로 몸과 마음의 잣대를 꽉 잡고 놓아도 될 때는 놓고
조여야 할 때는 조이면서 중용의 도를 취하면
모든 것을 원만하게 이끌어갈 수가 있다.

_채근담

하루는 황벽선사가 밭에서 괭이질을 하고 있는데 그의 제자인 임제선사臨濟禪師가 왔다.

황벽선사는 임제선사가 빈손으로 오는 것을 보고 물었다.

"임제야, 밭에 오면서 빈손이지 않느냐?"

임제선사가 대답했다.

"스승님, 제 괭이를 누가 가져가 버렸습니다."

그러자 황벽선사가 손짓을 하며 말했다.

"임제야, 이리 가까이 오너라. 너와 의논할 일이 있다."

임제선사가 가까이 오자 황벽선사가 괭이를 세워 놓고 말했다.

"임제야, 이것은 세상 누구도 들 수 없다. 이걸 들 수 있는 사람이 있을까?"

그러자 임제선사가 이내 세워져 있는 괭이를 손으로 잡고 잠시 들고는 다시 그 자리에 세워 놓으며 말했다.

"스승님, 어떻습니까? 분명 제 손으로 들었지 않습니까?"

이에 황벽선사는 주위에 있는 여러 대중들에게 말했다.

"오늘 밭일을 이끌어 갈 사람이 여기 있다."

목과 입을 쓰지 않고 말할 수 있느냐?

도리道理가 비어 쓸쓸하면 일도 비어 쓸쓸한 법인데, 일을 버리고
도리만 잡으려는 것은 마치 그림자는 버리고 형체만을 남게 하려는 것과 같다.
마음이 비면 환경도 비는 법인데, 환경을 버리고 마음만 지니려는 것은
마치 비린내 나는 고깃덩어리를 모아놓고
쇠파리를 쫓으려는 것과 같다.

_채근담

어느 날 위산, 오봉, 운암스님 셋이 백장선사百丈禪師를 모시고 산책을 하고 있었다. 백장선사가 위산에게 물었다.

"위산아, 목과 입을 쓰지 않고 말할 수 있느냐?"

위산이 얼른 대답했다.

"스님께서 먼저 말씀해 주시지요."

그 말에 백장선사는 "위산아, 내가 말하기는 쉬우나, 그랬다가는 법法이 쇠퇴해 버리지나 않을까 심히 우려가 되는구나." 하고는 오봉을 돌아보며 똑같이 물었다.

"오봉아, 목과 입을 쓰지 않고 말할 수 있느냐?"

그러자 오봉이 말했다.

"스님께서 먼저 목과 입을 없애 보시지요?"

이에 백장선사가 "나는 아무도 없는 곳에 가서 멀리 바라보며 자네가 오기를 기다리겠네." 하고는 운암에게 똑같은 질문을 던졌다.

"운암아, 목과 입을 쓰지 않고 말할 수 있느냐?"

이에 운암이 대뜸 대답했다.

"스님께선 이미 다 없애버린 줄로 알았는데, 아직 목과 입이 남아 있습니까?"

그 말에 백장선사가 말했다.

"그 따위 소리를 하면 우리의 법이 끊어지고 만다."

네가 못 듣는다고 남까지 못 듣는 게 아니다

마음을 비우면 본성이 나타난다.
쉬지 않고 본성을 구하려 애쓰는 것은
마치 물결을 헤치며 달을 찾는 것과 같다.
뜻이 맑으면 마음이 맑아진다.
뜻을 맑게 하지 않고 마음만 밝아지기를 구하는 것은
마치 거울을 찾으려고 하면서 먼지를 더함과 같다.

_채근담

하루는 남쪽에서 온 선객禪客이 혜충선사慧忠禪師를 친견하자마자 물었다.

"스님, 어떤 것이 옛 부처의 마음입니까?"

혜충선사가 대답했다.

"옛 부처의 마음은 담과 벽은 물론이고 기왓장 등등…… 무정無情의 물건 모두라 할 수 있느니라."

선객이 이어 물었다.

"스님의 말씀대로 무정물에도 부처의 마음이 있다면 설법도 할 줄 알겠습니다."

혜충선사가 말했다.

"감정과 감각이 없는 무정물이라 해도 쉴 사이 없이 항상 설법을 계속하고 있느니라."

선객이 물었다.

"스님, 그럼 저는 어째서 그 설법을 듣지 못합니까?"

혜충선사가 말했다.

"네가 못 듣는다고 다른 사람까지 못 듣는다고 생각하지 마라."

"스님, 그럼 어떤 사람이 듣습니까?"

혜충선사가 대답했다.

"성인들이 듣느니라."

"스님, 그렇다면 중생들은 들을 자격이 없겠습니다."

혜충선사가 말했다.

"나는 중생을 위해 말했지 성인들을 위해서 말한 것이 결코 아니다."

선객이 물었다.

"스님, 저는 너무 어리석어서 무정물의 설법을 듣지 못하지만,

스님께선 큰 깨달음과 큰 지혜를 가지신 분이시니 무정물의 설법을 들으실 수 있겠군요?"

이에 혜충선사가 대답했다.

"나도 아직 듣지 못했느니라."

선객이 재차 물었다.

"스님께서는 어째서 듣지 못하셨습니까?"

혜충선사가 대답했다.

"내가 무정물의 설법을 듣지 못해야지 내가 만일 무정물의 설법을 듣는다면 성인들과 같아질 것이니, 네가 어떻게 나를 보거나 나의 설법을 들을 수 있겠느냐?"

모든 것을
아는 지식이라 해도 귀하지 않다

이룬 것이 반드시 무너짐을 안다면, 성취하기를 구하는 마음이
지나치게 강하지 않을 것이요, 삶이 반드시 죽는 것임을 안다면,
삶을 보전하는 것에 지나치게 애태우지 않을 것이다.

_채근담

하루는 혜충국사慧忠國師가 대궐에 들어갔을 때 대종代宗 임금이 태백산인太白山人이라는 사람을 소개했다.

"국사, 이 사람은 아는 것이 퍽 많소이다."

이에 혜충국사가 태백산인에게 물었다.

"무슨 재주를 가지고 있습니까?"

태백산인이 대답했다.

"산도 알고 땅도 알고 글자도 알고 산수算數도 잘 압니다."

이에 혜충국사가 태백산인에게 물었다.

"그대가 살고 있는 산은 암컷인가 수컷인가?"

태백산인이 잠시 어물어물하며 대답을 하지 못하자 혜충국사가 다시 물었다.

"땅도 안다 했는가?"

태백산인이 대답했다.

"압니다."

이에 혜충국사가 대궐 앞의 땅을 가리키며 물었다.

"여기가 무슨 땅인가?"

그 물음에 태백산인이 말했다.

"땅은 그냥 흙일 뿐입니다."

혜충국사가 또 물었다.

"글자도 안다 했는가?"

"예, 압니다."

이에 혜충국사가 흙 위에다 한 일一 자를 긋고는 물었다.

"이것이 무슨 글자인가?"

태백산인이 대답했다.

"한 일 자입니다."

이에 혜충선사가 나무라는 투로 말했다.

"흙土 위에 일一 자를 더하면 왕王 자가 되지 어찌 일 자라고 하는가."

태백산인은 아무 말도 못하고 그냥 입을 닫고 있었다.

혜충국사가 또 물었다.

"자네, 산수도 잘 안다 했는가?"

"예, 압니다."

"그럼 3, 7은 얼마인가?"

"그야, 21 아닙니까. 스님은 지금 저를 놀리시는군요. 마음이 불편합니다, 스님."

이에 혜충선사가 가소롭다는 얼굴로 말했다.

"허허, 그대가 나를 놀리는구먼."

"스님, 어찌 그렇게 생각하십니까?"

"사실이 그렇지 않은가."

"스님, 무엇이 사실이란 말씀입니까?"

"내 말은 3, 7은 10인데 21이라니 나를 놀리는 게 아니고 무엇인가?"

태백산인은 정신이 나간 듯 멍한 표정을 지었다. 혜충선사가 또 물었다.

"이 밖에 또 무엇을 알고 있는가?"

이미 자존심이 망가질 대로 망가진 태백산인은 통명스런 투로 말했다.

"더 있지만 말하지 않겠습니다."

그러자 혜충선사의 입에서 한마디의 충고가 내뱉어졌다.

"그대가 모든 것을 다 아는 지식을 가졌다 해도 그것은 귀한 것이 아니니라."

그러고는 대종 임금에게 말했다.

"폐하, 산을 물어도 산을 모르고, 땅을 물어도 땅을 모르며, 글자를 물어도 글자를 모르고, 산수를 물어도 산수를 모르는 저런 멍텅구리를 어째서 소개하십니까?"

이에 대종 임금이 태백산인을 보며 말했다.

"짐이 비록 국왕의 지위를 가지고 있으나 국왕의 지위가 보배가 아니라 국사를 참보배로 여기고 있노라."

이에 태백산인이 말했다.

"폐하께서는 참으로 보배를 바로 아시나이다."

보기도 하고 안 보기도 하느니라

산과 숲은 아름다운 곳이지만 한번 현혹되어 집착하면 곧 시장바닥이 되고,
글과 그림은 청아한 것이지만 한번 탐내어 마비되면 장사꾼이 된다.
대개 마음에 물든 것이 없으면 속세도 곧 선경仙境이고
마음에 붙잡히는 데가 있으면 선경도 곧 고해苦海가 된다.

_채근담

어느 날 신회神會라는 한 동자童子가 혜능선사가 머물고 있는 옥천사玉泉寺에 찾아왔다. 혜능선사가 신회에게 물었다.

"네가 먼 곳에서 고생하며 왔다 하니 하나 묻겠다. 근본을 가지고 왔느냐? 만약 가지고 온 근본이 있다면 곧 주인이 누구인지를 알 것이다. 말해보라."

신회가 망설임 없이 대답했다.

"스님, 머무름 없는 것으로 근본을 삼으니 보는 것이 바로 주인입니다."

"이놈! 왜 이런 경솔한 말을 하는가."

혜능선사가 두 눈을 부릅뜨고 주장자로 머리를 때리며 말하니 신회가 되물었다.

"스님께서는 좌선하실 때 보는 것이 있습니까?"

그 질문에 혜능선사가 되물었다.

"방금 내가 너를 때렸는데 아프냐, 안 아프냐?"

신회가 대답했다.

"아프기도 하고 안 아프기도 합니다."

혜능선사가 말했다.

"나도 보기도 하고 안 보기도 하느니라."

신회가 물었다.

"스님, 어떤 것을 보기도 하고 안 보기도 하는 것입니까?"

혜능선사가 대답했다.

"내가 보는 것은 내 마음의 허물이고, 보지 않는 것은 타인의 시비나 좋고 나쁜 것이다. 이 때문에 보기도 하고 안 보기도 하는 것이다. 너는 아프기도 하고 안 아프기도 하다고 했는데, 네가 아프지 않다면 목석이요, 아프다면 범부凡夫의 생각이니 화가 치밀 것이다. 너는 아직 마음을 보지 못하고도 그런 희롱을 하느냐."

왜 벌써 왔느냐?

한가할 때 헛된 시간을 보내지 않으면
바쁠 때 쓸모가 있고, 조용할 때 마음을 놓아버리지 않으면
활동할 때 도움이 되며, 어둠 속에서 속이고 숨기는 일이 없으면
밝은 곳에서 그 보람을 누릴 수 있다.

_채근담

진묵선사震默禪師가 전라도 무안군 변산의 월명암月明庵에 머물 때였다.

하루는 시자侍者가 제사를 지내기 위해 속가로 가면서 진묵선사에게 말했다.

"스님, 공양 준비해 놓았으니 때가 되면 드셔야 합니다."

진묵선사가 대답했다.

"알았다."

이때 월명암의 스님들은 모두 탁발하러 나가고 진묵선사 홀로 창에 기대 앉아 문지방에 손을 얹은 채 『능엄경楞嚴經』을 읽고 있었다.

다음 날 시자가 속가에서 하룻밤 묵고 절에 돌아와 보니 진묵선사는 전날에 앉아 있던 그대로 경을 읽고 있었다. 바람에 문이 흔들려 문지방 사이에 손가락을 찧어 피가 흐르는데도 태연스러웠다. 전날 시자가 차려놓은 공양물도 그대로였다.

"스님, 저 왔습니다."

시자가 문안을 드리자 진묵선사는 그제야 독서삼매에서 깨어나 시자에게 말했다.

"너는 왜 제사에 참여하지 않고 벌써 왔느냐?"

오직 오늘 마땅히 할 바를 열심히 하라.
그 누가 내일의 죽음을 알랴.
참으로 저 죽음의 대군과
마주치지 않을 수는 없도다.
능히 이렇게 아는 자는 마음을 다하여
밤낮없이 게으르지 않고 실천하나니
이러한 자를 현명한 자라 하고
또한 마음을 평정한 자라 하느니라.

_아함경阿含經

4장

하루는 두 번 다시 오지 않는다

평범한 사람들은 눈앞의 현실만 쫓고
깨달음을 얻으려는 사람은 마음을 쫓는다.
그러나 현실과 마음, 그 둘을 뛰어넘어야
참된 깨달음에 닿을 수 있다.
비록 현실과 마음이 다를지라도
한쪽만 집착하면 둘 다 병이 된다.

부처를 팔아
술을 마시다

세상 사람들은 마음이 맞은 것으로 즐거움을 삼기 때문에
도리어 즐거운 마음에 이끌려 괴로운 곳에 있게 되고,
통달한 선비는 마음이 어긋나는 것으로도 즐거움을 삼기 때문에
마침내 괴로운 마음이 바뀌어 즐거움이 된다.

_채근담

어느 날 저녁 무렵, 경허선사鏡虛禪師는 제자 만공과 길을 가고 있었다.

경허선사가 만공을 돌아보며 말했다.

"만공아, 단청불사丹青佛事 권선勸善을 하는 게 어떻겠느냐?"

"스승님 뜻대로 하십시오."

경허선사는 권선문을 만들어 가가호호家家戶戶 돌아다니며 돈을 모은 후 말했다.

"허허, 이만하면 단청불사하기에 넉넉하겠군."

경허선사는 만공을 데리고 술집으로 들어가 불사시주금으로 술을 청했다. 깜짝 놀란 만공이 다급히 말했다.

"스승님, 부처님을 팔아서 술을 마시다니 말이나 됩니까? 저는 큰 죄를 짓는 것 같아 몸 둘 바를 모르겠습니다."

한마디 말도 없이 술만 마시던 경허선사의 얼굴은 어느새 서녘 하늘을 붉게 물들이고 있는 저녁노을처럼 붉으락푸르락했다. 경허선사가 자신의 얼굴을 손으로 가리키며 말했다.

"만공아, 이상 더 좋은 단청불사가 어디 있느냐!"

그제야 경허선사의 큰 뜻을 안 만공은 머리를 조아리며 말했다.

"스승님, 과연 단청불사치고는 참으로 멋진 단청불사입니다."

"허허, 그놈 말이 많구나."

아직 여기까지 들고 왔느냐?

좁은 방 안일지라도 모든 시름 다 버린다면,
어찌 호화스런 생활을 탐내어 말할 수 있겠는가?
서너 잔 술을 마신 후에 모든 진리를 깨닫는다면,
허름한 거문고를 달 아래서 비껴 뜯고
피리를 불어 청풍에 실려 보내는 것으로도 족하지 않겠는가.

_채근담

하루는 일휴선사一休禪師가 나이 어린 동자승을 데리고 길을 걷고 있었다. 이때 어디선가 생선 굽는 냄새가 풍겨 왔다. 일휴선사가 혼자 중얼거렸다.

"음, 맛있는 냄새로구나."

한참을 걸어온 후 동자승은 도저히 더는 참을 수 없었는지 일휴선사에게 따지는 투로 물었다.

"스님, 음식점 앞에서 고기 굽는 냄새가 맛있다고 하셨는데, 스님이 그런 말을 해도 괜찮습니까?"

그러자 일휴선사가 대뜸 호통을 쳤다.

"이놈아, 너는 아직 그 생선을 여기까지 들고 왔느냐? 나는 그 음식점 앞에서 벌써 버리고 왔느니라."

내가 자네 데릴사위로 들어가지

은혜를 베푸는 사람이 안으로 자신의 이익을 생각하지 않고
밖으로 남을 생각하지 않는다면, 한 말의 곡식도 만 섬의 은혜가 된다.
그러나 남에게 이로움을 주는 사람이 자신이 베푼 은혜를 따지고 보답을 바란다면,
비록 많은 돈을 주더라도 한 푼의 공도 이룰 수가 없다.

_채근담

어느 날 교토의 한 부채가게 주인이 일휴선사를 찾아와 눈물을 흘리며 말했다.

"스님, 갑자기 작별하게 되어 인사를 드리러 왔습니다."

부채가게 주인은 평소 일휴선사와 매우 가깝게 지내던 터였다. 일휴선사가 대뜸 물었다.

"이보게, 갑자기 작별인사라니? 자네, 무슨 일이 있는가?"

"네, 스님. 그동안 진 빚 때문에 집을 팔고 다른 곳으로 떠나게

될 것 같습니다."

부채가게 주인은 그간의 사정을 소상하게 밝혔다. 측은지심이 든 일휴선사가 말했다.

"자네에게는 자식이 있을 터인즉 그 자식에게 무슨 일이든 시켜서 빚을 갚아 나갈 방도를 찾아보는 게 어떤가?"

부채가게 주인이 말했다.

"스님, 자식은 있습니다만 네 살 먹은 계집아이 하나뿐이라 어찌할 도리가 없습니다."

그 말에 일휴선사가 말했다.

"그런가? 그렇다면 나와 자네는 오랜 친구 사이니 내가 그 네 살짜리 딸애의 신랑이 되어서 자네를 도와주겠네."

느닷없이 딸애의 신랑이 되어 도와준다는 일휴선사의 말에 화들짝 놀란 부채가게 주인은 꿀 먹은 벙어리처럼 아무 말도 못하고 그저 멍하니 바라보고만 있었다. 일휴선사가 말했다.

"아니지, 내일까지 기다릴 것도 없네. 지금 당장 내가 자네의 데릴사위로 들어가지. 자, 좋은 일은 서두르라고 했네. 빨리 자네 집으로 가세."

그날 밤 부채가게 주인집으로 간 일휴선사가 말했다.

"자, 이제 내가 이 집의 데릴사위일세. 내일은 가게에 있는 부채를 모두 다 팔아서 빚을 다 갚아줄 터이니 집에 있는 부채를 하나도 남김없이 가게 앞에 벌여 놓으시게."

다음 날 아침, 이 부채가게 앞에는 다음과 같이 크게 쓴 푯말이 내걸렸다.

'일휴선사의 글이 쓰여 있는 부채를 오늘 하루만 판매함.'

이 소문은 일시에 교토 시내에 쫙 퍼져 너도 나도 부채를 사러 몰려들었다.

그 바람에 부채가게 주인은 하루 동안에 수백 냥의 돈을 모을 수 있었다. 그날 저녁 일휴선사가 말했다.

"자, 이것으로 빚을 다 갚을 수 있겠지. 그리고 이보게, 오늘 하루로 데릴사위는 끝났네."

몸을 팔아
일체 중생을 편안케 하다

어떤 일에 몸 바쳐 일하기로 했다면 그 일을 의심하지 말라.
의심하게 되면 자신의 결심이 부끄러워진다.
남에게 은혜를 베풀었다면 보답을 바라지 말라.
보답을 바란다면 베풀었던 마음마저 그르치게 된다.

_채근담

어느 날 동해사東海寺의 택암선사澤庵禪師에게 자주 드나들던 한 젊은이가 한 폭의 족자를 가지고 와서 선사에게 찬讚을 청했다. 그 그림은 화려하게 채색된 창녀의 나체화였다.

젊은이가 그 나체화를 가지고 택암선사를 찾아온 이유는 항상 마른 나뭇가지나 차가운 바위처럼 보이는 택암선사를 시험해 보려는 속셈이었다. 그 그림을 보자 택암선사가 감탄의 소리로 "야, 참 좋다 좋아! 나도 이런 절세미인을 곁에 두고 살았으면 얼마나 좋을까!" 하고는 글씨를 일필휘지一筆揮之로 써내려갔다.

"자, 이 정도면 될는지 모르겠네. 한번 읽어 보시게."

그 젊은이는 택암선사가 족자에 쓴 글을 읽어 내려가면서 자신도 모르게 옷깃을 여미며 자세를 가다듬었다.

"부처는 진리를 팔고 조사祖師는 부처를 팔고, 말세의 중생들은 조사를 파는데 그대는 5척의 몸을 팔아서 일체 중생의 번민을 편안케 하는구나."

하루는 두 번 다시
오지 않는다

천지는 변함없이 영원하지만 내 몸은 두 번 다시 태어나지 않는다.
인생은 다만 백 년의 세월뿐으로 오늘 하루가 가장 지나가 버리기 쉽다.
다행히 그 사이에 태어난 사람으로서 삶의 즐거움을 깨달아야 할 것이며,
헛된 삶에 대해 근심해야 한다.

_채근담

하루는 한 지방 관리가 택암선사를 찾아와 여쭈었다.
"선사님, 하루를 어떻게 보내야 무료하지 않겠습니까?"
이에 택암선사는 시 한 수를 지어 관리에게 주었다.

오늘은 둘이 아니오
시간 시간은 모두가 보석이네.
하루는 두 번 다시 오지 않고
매 분 매 분이 값을 매길 수 없는 보석이네.

죽어보지 않아 알 수가 없다

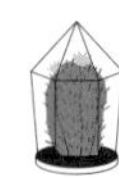

시험 삼아 이 몸이 생겨나기 전에
어떤 모습이었을까를 생각해 보고,
또 죽은 후에 어떻게 될지를 생각한다면
곧 일만 가지 허욕과 근심이 다 사라져서
식은 재와 같아지고, 본성만이 고요히 남아
속세의 얽매임에서 벗어나
천지 만물이 창조되기 이전의 세계에서
노닐 수 있을 것이다.

_채근담

하루는 우당선사愚堂禪師에게 일본의 천황이 물었다.

"선사, 중생이 해탈하면 즉시 부처가 될 수 있는가?"

우당선사가 대답했다.

"폐하, 제가 '그렇다'고 하면 폐하는 그것이 참말인 줄 알 것이고, 만약 '아니오'라고 하면 많은 사람들이 지금까지 그렇게 믿고 있는 것을 부정하는 모순을 범할 것입니다."

다음 날 천황은 다시 우당선사에게 물었다.

"선사, 깨달음을 얻은 사람이 죽으면 대체 어디로 가는가?"

우당선사가 대답했다.

"폐하, 저는 모릅니다."

"아니, 선사가 모르다니 그게 말이 되는가?"

우당선사가 흔쾌히 말했다.

"폐하, 아직 죽어 보지 않아 알 수가 없습니다."

본래
자네의 것이 아니네

한순간의 생각이 욕망의 길로 나아감을 깨닫게 되면,
곧 되돌려 도리의 길로 나아가게 하라.
그런 생각이 들자마자 곧 깨닫고, 깨달았으면 재빨리 돌려야 한다.
이것이야말로 불행을 돌려 행복으로 만들고,
죽음에서 벗어나 삶으로 되돌아오는 기로가 되는 것이니,
결코 가볍게 지나쳐서는 안 될 것이다.

_채근담

하루는 한 제자가 반규선사盤珪禪師를 찾아와 여쭈었다.

"스승님, 저는 성질이 정말 못돼먹은 것 같습니다. 한번 성질이 나면 좀처럼 자제할 수가 없습니다. 어떻게 하면 이런 못된 성질을 고칠 수 있겠습니까?"

반규선사가 말했다.

"그래? 그렇다면 내 앞에서 그 못된 성질을 한번 부려 보아라."

그러자 제자가 난처한 표정을 지으며 말했다.

"스승님, 아무리 못된 성질이라 해도 아무데서나 마음대로 성질을 낼 수는 없습니다."

이에 반규선사가 고개를 끄덕이며 물었다.

"그럼 그 못된 성질을 언제 볼 수 있겠느냐?"

제자가 대답했다.

"그건 언제 나올지 저도 잘 모릅니다."

그 말에 반규선사가 다시 고개를 끄덕이며 이렇게 말했다.

"그렇다면 그 못된 성질은 자네의 본 성품이 아닌 것이 분명하네. 그것이 자네의 본 성품이라면 자네가 원하기만 하면 언제 어디서나 보일 수 있어야 하네. 이제는 됐네. 그 못된 성질은 본래 자네의 것이 아니고 잠시 자네에게 깃든 것일 뿐이니 그것을 자네에게서 떨쳐버리도록 하게."

그래요

뜨거웠다 차가웠다 하며 변하는 것은
부귀한 사람이 빈천한 사람보다 더 심하고,
질투와 시기하는 마음은 남들보다 육친 간에 더 심하다.
만약 이때 냉철한 마음이나 평정한 마음으로 제어하지 않는다면,
거의 번뇌의 가운데 앉아 지내지 않는 날이 없을 것이다.

_채근담

남녀노소를 불문하고 모두가 백은선사白隱禪師를 살아 있는 부처라고 칭송했다. 그런데 백은선사가 거처하는 절에서 가까운 마을의 처녀가 아이를 뱄다.

처녀의 부모가 딸에게 누구의 아이냐고 추궁하자 그 처녀는 그만 자신도 모르게 백은선사라고 대답했다. 그 대답에 분노가 치밀어 오른 처녀 부모는 백은선사를 찾아가 다짜고짜 악담을 퍼부었다.

"이 나쁜 중놈아! 열 길 물속은 알아도 한 길 사람 마음은 모른다더니 그 말이 틀림없는 말이구나. 모두가 너를 살아 있는 부처

라고 믿고 있었는데 이럴 수가 있느냐, 이 나쁜 중놈아! 감히 중 주제에 남의 귀한 처녀를 망쳐 놓다니! 이 미친 중놈아!"

한동안 그 부모의 악담을 가만히 듣고 있던 백은선사가 이윽고 입을 열었는데 단 한 마디였다.

"그래요?"

몇 달 후 아기가 태어나자 그 부모는 아기를 백은선사에게 갖다 주었다.

"네 자식이니까 네가 키워!"

그때도 백은선사는 단 한 마디만 했다.

"그래요."

그날 이후 백은선사는 그 아기를 정성껏 길렀다. 그땐 이미 백은선사를 따르던 스님들도 절을 떠났고 신도들도 발길을 뚝 끊었다.

그로부터 1년이 지난 어느 날, 아기를 낳은 처녀는 부모에게 사실을 고백했다.

"아버님, 어머님, 실은 그 아이의 아버지는 어물전에서 일하는 젊은이에요. 그때는 사실대로 말하면 부모님이 너무 노하실 것 같아 얼결에 그만 백은선사라고 말해 버렸던 거예요. 아이의 아버지가 백은선사라고 하면 선사님을 살아 있는 부처라고 떠받들고 계시던 부모님이라 어쩌면 저를 용서해 주실지도 모른다는 생각에 나도 모르게 그만 거짓말을 했던 겁니다."

마른하늘에 날벼락 같은 느닷없는 딸의 고백에 부모는 매우 당황하지 않을 수 없었다.

"아아, 이거 정말 큰일이구나. 선사께 이렇게 큰 죄를 저지르다니. 아, 세상에 어찌 이런 일이!"

"여보, 이를 어쩌면 좋아요? 여보, 내일 당장 선사를 뵙고 용서를 빌어요."

다음 날, 부부는 즉시 백은선사를 찾아가 코가 땅에 닿도록 백배사죄하고 그 아기를 데려왔다.

그때 아기를 돌려주던 백은선사의 말은 단 한 마디였다.

"그래요."

오늘 가르침은
이것 외에는 없소이다

사람들은 명성과 높은 지위만을 즐거움인 줄 알지만,
이름 없고 지위 없는 즐거움이 더 참된 즐거움인 줄 모른다.
사람들은 굶주리고 추운 것만이 근심인 줄 알지만,
굶주리지 않고 춥지 않은 근심이 더 큰 근심인 줄은 모른다.

_채근담

하루는 어느 유명인사가 백은선사에게 가르침을 받기 위해 송음사松蔭寺를 방문했다. 백은선사와 유명인사가 한참 대화를 나누고 있는데, 절 앞에 사는 한 할머니가 선사를 모시는 시자에게 떡을 주며 말했다.

"시자님, 수수떡을 만들었는데 스님께 올려 주십시오."

곧바로 시자는 담소를 나누고 있는 백은선사 방에 떡을 들여보냈다. 백은선사는 반색을 하며 유명인사에게 권했다.

"자, 한번 드셔보시지요."

할머니가 손수 만든 수수떡은 한눈에 봐도 거칠고 거무튀튀한

데다가 단맛이라고는 거의 없어 웬만한 사람이면 선뜻 입에 댈 수 없을 정도였다. 유명인사가 수수떡을 보고 당황하여 머뭇거리자 백은선사가 정색을 하며 말했다.

"나으리, 이 수수떡 억지로라도 드시는 것이 좋습니다. 백성들의 고귀한 수고의 맛이 어떤 것인지 이해할 수 있을 겁니다. 그리고 나으리, 오늘 늙은이의 가르침은 이것 외에는 없소이다."

사람은 입 안에 도끼를
하나씩 가지고 태어난다.
어리석은 말을 하는 순간
그는 결국 자기 자신을 찍는다.

_수타니파타

돈은 얼마나 내겠소?

많은 사람이 의심한다고 해서 자기 의견을 굽히지 말고,
자기 사견에만 끌려 남의 말을 버리지 말라.
또한 사사로운 은혜에 사로잡혀 대국을 해치지 말 것이며,
여론을 빙자하여 남을 공격함으로써 자신을 만족시키지 말라.

_채근담

어느 날 화승畵僧인 월선선사月僊禪師에게 유명한 기생이 찾아와 그림을 부탁했다. 선사는 그 기생이 누구인지를 뻔히 알면서도 대뜸 그림 값부터 흥정했다.

"그림을 그려주면 돈은 얼마나 내겠소?"

그 말에 기생은 거만한 태도로 미소를 지으며 말했다.
"돈은 선사가 원하는 대로 주겠소. 그 대신 우리 집에 가서 내

가 직접 보는 앞에서 그림을 그려 주셔야 합니다."

"그야 어렵지 않소이다."

월선선사는 곧장 기생의 집으로 갔다.

그날은 마치 기생이 자신의 후원자를 위해 연회를 베푸는 날이었다. 선사는 기생이 원하는 그림을 약속대로 그려주고 고액의 돈을 요구했다. 월선선사가 돈을 받고 기생집을 나서려는 순간, 기생이 자신의 후원자를 향해 말했다.

"이 화승의 그림은 매우 보기가 좋으나 마음은 돈에 대한 탐욕으로 가득 차 있습니다. 하지만 탐욕으로 그린 이 그림을 어디에다 걸어 둘 수가 있겠습니까? 그의 그림은 내 속치마에나 그려 두는 것이 안성맞춤일 듯합니다."

말이 끝나기 무섭게 기생은 겉치마를 벗고 속치마 차림으로 선사에게 가서 말했다.

"선사, 제 속치마에도 그림을 그릴 수 있겠소?"

그러자 월선선사는 아무 표정 없이 기생을 쳐다보며 예의 그림값부터 흥정했다.

"돈은 얼마나 내겠소?"

그 말에 기생 역시 회심의 미소를 지으며 말했다.

"선사가 달라는 대로 드리지요."

그러자 선사는 감히 상상도 못할 정도의 고액을 요구했고 기생도 흔쾌히 좋다고 했다. 하여 월선선사는 기생이 원하는 대로 그녀의 속치마 뒤쪽에다 정성껏 그림을 그려 주었다.

이런 일이 있고부터 돈이라면 여자의 속옷에다가도 그림을 그려주는 스님이라는 소문이 생겼고, 그 소문은 꼬리에 꼬리를 몰고 퍼져 나갔다. 그 어느 장사치보다도 더 철저하게 그림 값을 챙기는 선사를 탐욕스러운 '수전노守錢奴 화승'이라고 치부한 사람들은 이렇게 말했다.

"거참, 중이 돈을 밝혀도 너무 밝히는군."

"제기랄! 탐욕이 속인들보다도 많은 사람이 무슨 도를 닦는다는 거야."

그런데 그 누구도 월선선사가 왜 그토록 돈을 모으려 하는가에 대해서는 이유를 몰랐다.

그 무렵 월선선사가 사는 지방에는 정기적으로 무서운 기근이 발생하곤 했는데, 기근이 발생하면 숱한 사람들이 굶어 죽었으며 어떠한 부자도 이 기근을 구제할 수가 없었다.

이때를 위해 월선선사는 아무도 몰래 창고를 마련하여 수많은 곡식을 비축하고 있었던 것이다.

또 그 지방에서 국사國寺로 가는 길이 너무 멀고 험했다. 많은 사람들이 절에 참배하고 예불도 드리고 고승들을 만나려 해도 길이 너무 험하여 엄두를 내지 못했다. 그러한 길을 곧고 평평하게 닦기 위해 월선선사는 돈을 모았던 것이다. 그리고 월선선사의 스승은 사찰 하나를 짓는 것이 소원이었으나 그 뜻을 이루지 못하고 세상을 떠났다. 그래서 월선선사는 스승을 위해 사찰을 짓고자 열심히 돈을 모았던 것이다.

월선선사의 이 세 가지 소원이 성취되던 날, 비로소 이런 사실을 만천하가 알게 되었다. 이 사실을 알고부터 월선선사의 높은 덕망을 숭상하여 그림을 그려 달라는 사람들이 연일 장사진을 이루었다. 그러나 월선선사는 미련 없이 붓과 화구를 버리고 깊은 산속으로 들어가 참선에만 열중했다.

줄 수도 훔칠 수도 없는 달

산림에 묻혀 사는 선비는 청빈하게 살아도
마음은 항상 맑고 취미가 고상하다.
농사짓는 시골사람도 비록 무식하나
꾸밀 줄 모르고 천진난만함을 그대로 지녔다.
그런데 만약 이들이 시장판에서
장사나 거간 노릇을 해먹고 사는 인간들과 한 무리가 된다면
차라리 산골에 묻혀 살다 이름 없이 죽어
몸과 마음을 깨끗이 지니는 것만 못하다.

_채근담

양관선사良寬禪師가 산기슭에 조그마한 오두막을 짓고 혼자 살 때였다.

어느 날 도둑이 들었으나 가난한 양관선사에게서 훔쳐갈 것이 아무것도 없었다. 적잖이 실망한 도둑에게 양관선사가 말했다.

"그대는 우리 집까지 먼 길을 왔는데 빈손으로 가셔야 되겠는가? 이 옷을 벗어줄 터이니 가져가시게."

도둑은 양관선사가 벗어주는 옷을 들고 뒤도 돌아보지 않고 줄행랑을 쳤다.

몸에 실오라기 하나 걸치지 않은 벌거숭이가 된 양관선사는 뜨락에 앉아 휘영청 떠있는 둥근 보름달을 바라보며 중얼거렸다.

"아아, 저 아름다운 달까지 줄 수 있었더라면 얼마나 좋았을까! 하지만 저 달은 줄 수도 없고 훔칠 수도 없구나."

할 일이 있으면 어서 하라

자기 마음을 흐리게 하지 말고,
남의 정을 무시하지 않으며,
재물을 헛되이 다 탕진하지 말라.
이 세 가지는 가히 천지를 위하여 마음을 세우고,
만민을 위하여 목숨을 세우며,
자손을 위하여 복을 만드는 길이다.

_채근담

양관선사에게는 한 명의 조카가 있었다. 조카는 친척들의 충고 따윈 아예 무시한 채 매일매일 여색에 빠져 많은 재산을 탕진하고 있었다.

원래 양관선사는 세속에서 가문을 통솔하고 재산을 관리해야 하는 입장이었다. 그래서 친척들은 양관선사를 찾아가 조카의 방탕하고 무절제한 생활에 대한 책임을 지고 조카의 버릇을 단단히 고쳐 놓으라고 강권했다. 이 말을 들은 양관선사는 조카를 만나러 먼 길을 떠났다. 조카는 양관선사가 온다는 말을 듣고 기뻐했다.

양관선사와 조카가 만난 그날, 두 사람은 옛 이야기를 하면서 그만 밤을 꼬박 지새우고 아침을 맞았다. 양관선사는 조카에게 그만 떠나야겠다는 작별 인사를 하며 이렇게 말했다.

"얘야, 무심하게 흐르는 세월은 어쩔 수 없구나. 옛날엔 안 그랬는데 이제 나이가 들어서 그런지 손도 떨리고 아무것도 마음대로 할 수 없구나. 얘야, 내 짚신의 끈을 매주지 않으련?"

말이 끝나기 무섭게 조카는 허리를 숙여 양관선사의 짚신 끈을 매주었다. 그때 양관선사가 다시 말했다.

"고맙구나. 그런데 얘야, 나를 보면 알겠지만 인생이란 하루가 다르게 늙고 약해지는구나. 너도 나같이 되기 전에 할 일이 있으면 어서 하도록 해라. 할 일이 있는데도 하지 않은 것은 죄가 될 수 있느니라."

양관선사는 조카에게 이 말 외에는 어떤 충고나 설교도 하지 않았다. 양관선사가 떠난 그날부터 조카에겐 큰 변화가 왔다. 여태껏 살아온 자신의 삶을 반성한 것은 물론 지금까지의 방탕한 생활을 말끔히 청산했던 것이다.

재산이 아무리 많은들
뭘 하겠소

나무는 뿌리로 돌아간 뒤에야 꽃과 가지와 잎의
헛된 영화를 알게 되고,
사람은 관 뚜껑을 덮은 다음에야 자손과 재물이
쓸데없다는 것을 알게 된다.

_채근담

하루는 고을의 한 부호가 전해선사詮海禪師를 찾아와 주체할 수 없을 정도로 많고 많은 재산을 계속 유지할 수 있는 좋은 글을 써 달라고 간청했다. 그러자 전해선사는 커다란 종이 한 장을 꺼내어 그 위에다 다음과 같이 써내려갔다.

"아버지가 죽고 아들이 죽고 손자가 죽는다."

이 글을 본 부호는 화를 버럭 내며 거칠게 항의했다.

"스님, 우리 집안의 많은 재산을 지킬 수 있는 글을 써달라고 했는데 도대체 이 따위의 글이 뭡니까? 이렇게 사람을 우롱해도 되는 겁니까!"

그 말에 잠시 잠깐 침묵을 지키고 있던 전해선사가 천천히 입을 열었다.

"사람들이 아무리 재산을 많이 갖고 있다 해도 아버지보다 아들이 먼저 죽는다면 그 슬픔이 얼마나 클 것이며, 그 재산은 어떻게 하겠소? 그리고 당신의 아들도 마찬가지요. 아들보다 당신의 손자가 먼저 죽는다면 모든 게 소용없는 노릇이요. 사람이 살아 있어야 재산도 대대로 전승되는 것이 아니겠소? 재산이 아무리 많고 많은들 뭘 하겠소? 사람이 천수天壽를 누리고 죽을 수 있는 것보다 더 큰 재산과 행복이 어디 있겠소?"

이곳 잠자리까지 데리고 왔구나

정욕에 관한 것은 비록 쉽게 얻을 수 있다 해도
손가락 끝에라도 물들이지 말라.
일단 한 번 물들게 되면 만 길 낭떠러지로 떨어지고 만다.
도리에 관한 일은 어렵다 하여 뒤로 물러서지 말라.
한 번 물러서면 천산의 거리로 멀어지고 만다.

_채근담

어느 날 하라잔단 선사가 한 스님과 함께 여행을 하다가 큰 장마를 만났다. 시골길의 깊게 파인 도랑으로 갑자기 흙탕물이 넘쳐흘렀다.

그때 마침 한 처녀가 그 흙탕물을 건너지 못하고 안절부절못하고 있었다. 하라잔단 선사가 처녀에게로 얼른 뛰어가 "처자, 이리 오시오. 내가 도와 드리리다." 하고는 두 팔로 처녀를 번쩍 안아 들고 흙탕물을 건넜다.

이때 동행한 스님은 처녀를 안고 흙탕물을 건너는 선사를 망연히 바라보고만 있을 뿐 아무 말도 하지 않았다.

저녁이 되어 하라잔단 선사와 스님은 가까운 절을 찾아가 여장을 풀고 저녁을 먹었다. 잠시 후, 스님이 선사에게 말했다.

"무릇 수도승은 여자를 가까이해서는 안 되는 것이네. 그것도 젊고 아리따운 처녀는 더더욱 안 되는 것이네. 여자를 가까이하는 일은 수도승에겐 매우 위험한 일일세. 그런데 자넨 왜 낮에 그런 망측한 짓을 했는가?"

그러자 하라잔단 선사는 금시초문인 듯한 표정으로 말했다.

"이보게, 낮에 내가 무슨 짓을 했는가?"

그 말에 스님이 버럭 화를 내며 말했다.

"자네, 낮에 예쁜 처녀를 덥석 안고 흙탕물을 건너지 않았는가?"

그제야 하라잔단 선사는 생각이 났다는 듯 말했다.

"허허, 그 일 말인가? 나는 그 여자를 흙탕물을 건너게 해 준 후 그곳에 두고 왔는데 자네는 이곳 잠자리까지 데리고 왔구먼!"

그 분노는
도대체 어디서 온 것이냐?

분노가 불길 같고 욕망이 들끓을 때를 당하면
그것을 확실히 억제할 수 있는 마음이 있음을 깨닫게 된다.
그러면 그 마음이란 무엇인가?
이때 맹렬히 마음을 돌이키면
사마邪魔도 변하여 곧 참마음이 된다.

_채근담

하루는 한 젊은 수행승이 독원선사獨園禪師를 찾아와 자기가 이제까지 배운 지식을 자랑했다.

"스님, 결국 이 세상에는 마음이니, 부처니, 중생이니 하는 것은 존재하지 않습니다. 이 세상의 참본질은 무無에 불과합니다. 인식도, 환상도, 현자도, 범인도 존재하지 않습니다. 이 세상엔 줄 것도 받을 것도 아무것도 없습니다."

묵묵히 듣고 있던 독원선사는 피우고 있던 대나무 담뱃대로 한마디 말도 않고 수행승을 후려쳤다.

"스님! 왜 이러십니까?"

갑자기 매를 얻어맞은 수행승은 잔뜩 화가 나 얼굴이 붉으락푸르락했다. 이때 독원선사가 말했다.

"이놈아! 아무것도 존재하지 않는데, 너의 그 분노는 도대체 어디서 온 것이냐?"

소리 없는 소리를 듣다

굼벵이는 더럽지만
매미로 변하여 가을바람에 맑은 이슬을 마시고,
썩은 풀은 빛이 없지만 반딧불로 변해서 여름밤을 빛낸다.
깨끗함은 항상 더러움에서 나오고
밝음은 항상 어둠에서 비롯된다.

_채근담

묵뇌선사黙雷禪師에게 도요라는 한 동자승이 있었다.

어느 날 동자승이 자기도 참선공부를 하고 싶다고 말하자 묵뇌 선사가 말했다.

"도요야, 좀 더 기다려라. 너는 아직 어려서 안 되느니라."

하지만 도요는 이미 결심한 바가 있어 스승의 만류에도 물러서지 않았다.

"아닙니다, 스승님! 저는 이참에 참선공부를 꼭 배우고 싶습니다. 허락해 주십시오, 스승님!"

그러자 묵뇌선사가 말했다.

"도요야, 정 그렇다면 저녁에 내 방으로 오너라."

저녁이 되자 도요가 선사의 방으로 와서 절을 하고 꿇어앉자 묵뇌선사가 조용히 말했다.

"도요야, 너는 두 손이 부딪쳐서 내는 소리를 들어 본 적이 있느냐?"

도요가 대답했다.

"예, 들어 봤습니다."

묵뇌선사가 말했다.

"그렇다면 앞으로 한 손이 내는 소리는 어떠한지를 나에게 보여 주거라. 그러면 참선공부를 할 수 있도록 허락하마."

이내 방에서 나온 도요는 이 해답을 풀기 위해 깊은 상념에 잠겼다. 바로 그때였다. 창문을 통해 피리소리가 들려왔다. 도요는 무릎을 치며 말했다.

"그래, 바로 이 소리야!"

곧바로 스승을 찾아간 도요는 피리를 연주했다. 묵뇌선사가 말했다.

"틀렸다. 근처에도 가지 못했느니라."

다시 물러나온 도요는 더욱 깊은 상념에 사로잡혔다.

'한 손이 내는 소리는 대체 무엇일까?'

바로 그때, 처마에서 떨어지는 낙숫물 소리가 들렸다.

"맞았어! 이 소리야!"

도요는 다시 스승 앞에서 낙숫물 떨어지는 소리를 흉내 냈다. 가만히 듣고 있던 묵뇌선사가 대뜸 꾸짖으며 말했다.

"도요야, 그건 낙숫물 떨어지는 소리가 아니냐? 어서 한 손이 내는 소리를 말하거라!"

또다시 방에서 쫓겨나다시피 한 도요는 다시 깊은 상념에 빠져들었다. 그러나 '한 손이 내는 소리는 무얼까?' 하고 그것에만 집착하다보니 모든 소리가 다 그 소리 같았다. 그래서일까. 도요는 생각이 떠오를 때마다 스승을 찾아가서 '문풍지 우는 소리, 올빼미 소리, 귀뚜라미 소리, 물 흐르는 소리'라고 말했으나 그때마다 꾸중만 심하게 듣고 힘없이 쫓겨나야 했다. 그러는 동안 어느새 1년이란 세월이 흘렀다.

어느 날 도요는 '한 손이 내는 소리란 무엇인가?' 하는 생각을 하면서도 불현듯 거기에 사로잡히지 않는 자기 자신을 발견하게 되었다. 많은 세월이 흐른 후 도요는 이렇게 말했다.

"나는 모든 소리를 모았기 때문에 더 이상 모을 소리가 없었다. 그 순간 나는 소리 없는 소리를 들을 수 있었다."

비로소 도요는 선禪이 무엇인가를 깨닫게 되었다.

사실이 그러해서 욕을 먹으면
그것은 사실이니 성낼 것 없고
사실이 아닌데도 욕을 먹으면
욕하는 사람이 스스로 자신을 속이는 것이니
지혜로운 사람은 어느 때나 분노하지 않는다.

_잡보장경雜寶藏經

고맙다는 인사라도 하고 가게

남의 은혜는 비록 깊어도 갚지 않으나, 원한은 얕아도 갚는다.
남의 악함을 들었을 때는 비록 명백하지 않더라도 의심하지 않으나,
선함은 뚜렷해도 의심한다. 이것이야말로 각박함의 극치이고,
경박함이 심한 것이니 신경 써서 경계해야 한다.

_채근담

하루는 칠리선사七里禪師가 독경을 하고 있을 때 칼을 든 강도가 들어왔다.

"목숨이 아깝거든 있는 돈을 몽땅 내놓아라!"

칠리선사는 곧은 자세로 독경을 계속하며 말했다.

"돈은 저쪽 책상 서랍에 있으니 가져가거라."

강도가 돈을 챙겨 나가려 하자 칠리선사가 말했다.

"내일 세금을 내야 하니 푼돈은 좀 남겨 두고 가거라."

그러자 강도는 몇 푼의 돈을 남겨 놓고 달아나려고 했다. 이때

칠리선사가 독경하는 목소리로 말했다.

"이보게, 아무리 칼을 든 강도지만 내가 선물을 주었으니 고맙다는 인사라도 하고 가는 게 예의 아닌가."

그 말에 강도는 얼떨결에 고맙다는 인사를 남기고 사라졌다.

얼마 후, 그 강도는 다른 곳에서 강도짓을 하다가 경찰에 붙잡혔다. 여죄餘罪를 추궁하자 칠리선사에 대한 범행도 자백했다. 경찰은 칠리선사를 출석시켜 피해자 진술을 하도록 했다. 그때 칠리선사는 경찰에서 이렇게 말했다.

"이 사람은 내게서 훔쳐간 것이 없소. 나는 내 스스로 이 사람에게 돈을 주었고, 이 사람은 나한테 고맙다는 인사까지 하고 갔소이다."

하지만 그 강도는 많은 범행이 인정되어 감옥으로 갔다. 세월이 흘러 칠리선사도 거의 이 일을 잊고 있을 무렵 형기를 다 채우고 출소한 강도는 곧바로 선사를 찾아와 무릎을 꿇고 간절히 청했다.

"스님, 비천한 놈이지만 저를 제자로 받아 주십시오!"

이에 칠리선사는 아무 말 없이 강도의 두 손을 잡아 일으켰다.

그날부터 강도를 제자로 삼아 선을 가르쳤다.

이것이 너구리 새끼가 알아듣는 경이요

'쥐를 위하여 항상 밥 덩어리를 남겨 두고,
나방을 불쌍히 여겨 등불을 켜지 않는다.'라는
옛 사람의 생각은 우리 인간이 태어나서 자라며 생활하는 데
마땅히 있어야 할 근본적인 것이다.
만약 이런 자비심이 없다면 흙이나 나무와 다름이 없다.

_채근담

하루는 원효대사元曉大師가 제자에게 물었다.

"대안 스님은 지금 어디 계신다더냐?"

"남산의 굴속에 계신다고 들었습니다."

그 길로 원효대사는 대안스님을 찾아갔다. 대안스님은 조그만 굴속에서 너구리 새끼를 안고 있었다.

"스님!"

원효대사의 목소리에 뒤를 돌아다본 대안스님은 너털웃음을 터트리며 말했다.

"하하, 대사! 마침 잘 오셨소. 이놈의 너구리 새끼들이 어미를 잃은 모양이오. 스님, 제가 마을로 내려가 젖을 얻어 올 때까지 잠시 이놈들의 어미가 되어 주시오." 하고는 곧장 서라벌로 젖을 구하러 나갔다.

시간이 얼마 지나지 않아 너구리 새끼 중에 한 마리가 굶주림에 지쳐 죽어 버렸다. 원효대사는 죽은 너구리 새끼를 안고 극락왕생하라고 〈아미타경〉을 외웠다.

이때 대안스님이 젖을 얻어 돌아와 보니 굴속에서 원효대사의 경 읽는 소리가 처량하게 들렸다. 대안스님이 물었다.

"대사, 웬 경을 읽고 있소이까?"

원효대사가 대답했다.

"배가 고파 죽은 이놈의 영혼이라도 왕생극락하라고 염불을 하고 있습니다."

"허허, 그 경소리를 죽은 너구리 새끼가 알아듣겠습니까?"

"스님, 너구리가 알아듣는 경이 따로 있습니까?"

그러자 대안스님은 얻어온 젖을 살아 있는 새끼들에게 먹이며 말했다.

"대사, 이것이 너구리 새끼가 알아듣는 경입니다."

두 다리 사이에 산 고기

높은 벼슬아치 일행 가운데 명아주 지팡이를 짚은 은사隱士가 섞여 있으면
문득 한결 고상한 풍치를 더하고, 고기잡이와 나무꾼이 다니는 길 위에
비단옷을 입은 고관이 섞여 있으면 문득 숱한 속기俗氣를 더한다.
이를 통해 진실로 짙은 것은 담박한 것만 못하고,
속된 것은 고상한 것만 못함을 알게 된다.

_채근담

신라 문무왕 때의 국사國師인 경흥법사憬興法師는 궁중에 출입할 때마다 항상 말을 타고 앞뒤에 하인을 거느렸다.

어느 날 궁중에 들어갔다가 절 앞 하마대下馬臺에 이르러 말에서 막 내리는 중이었다.

그때 한 스님이 하마대 바로 옆에서 초라하기 짝이 없는 몰골로 냄새 나는 고기를 가득 담은 광주리를 차고 앉아 있는 것이 눈에 띄었다. 하인이 스님에게 다가서기 무섭게 광주리를 옆으로 밀어내면서 말했다.

“명색이 먹물들인 옷을 입은 스님의 신분으로 어찌 더러운 고기를 차고 앉아 비린내를 풍기는가?”

그 말에 그 스님은 하인을 힐끔 한번 쳐다보며

“네가 모시고 다니는 큰스님은 두 다리 사이에 산 고기도 끼고 다니는데 내가 시장에서 파는 죽은 고기를 등에 좀 지고 다니기로 무슨 흉 될 것이 있으며 책잡힐 것이 뭐 있겠느냐? 그런데도 냄새가 진동을 한다고 야단을 치니 지고 갈 수밖에 없군.”

그러고는 광주리를 지고 가버렸다. 그 스님의 말을 들은 경흥법사가 말했다.

“허허, 부끄럽구먼. 보통 스님으로는 나를 비난할 사람이 없는데, 내가 말을 타고 다닌다 하여 이와 같이 냄새 나는 물고기를 지고 와서 야유하고 풍자를 하니 이는 보통 스님이 아니다.”

하여 경흥법사는 하인으로 하여금 그 스님을 따라가 보게 하였으나 스님은 온데간데없고 문수상文殊像 앞에 그 스님의 광주리가 놓여 있었다. 경흥법사는 너무 이상해서 그 광주리를 들여다본즉, 아뿔싸 그것은 고기가 아니라 소나무 껍질이었다. 이때 경흥법사는 큰 깨우침을 얻었다.

"아아! 문수보살 성현께서 나를 깨우치시려고 이렇게 하신 것이로구나."

그날 이후 경흥법사는 평생 동안 다시는 말을 타지 않았다.

황혼은 뒤돌아보지 않는다

부는 바람 멈추지 않듯이
황혼은 뒤돌아보지 않는다

삶을 살아가는 인간들
황혼이 드리우는 이유에 민감해진다

사랑이 사랑으로 물을 때
미움이 미움으로 답할 때
기쁨이 기쁨으로 충만할 때
슬픔이 슬픔으로 부족할 때
황혼의 삶을 살아가야 하는 지혜를 깨우친다

황혼이 뒤돌아보지 않는 데는
한 번으로 족한 회한의 방황을 일깨우려는
남모를 이유에 있다

_박치근

한 번도 동침한 일이 없소이다

색욕이 불길처럼 타오를지라도 한 생각이 병든 때에 미치면
문득 그 흥이 식은 재와 같아지고, 명리가 엿처럼 달지라도
한 생각이 죽은 처지에 이르면 문득 그 맛이 밀랍을 씹는 것 같아진다.
그러므로 인간이 언제나 죽음을 생각하고 병을 근심한다면
가히 헛된 일을 버리고 마음을 기를 수 있다.

_채근담

광덕廣德화상은 엄장嚴莊화상과 매우 친하게 지냈는데 두 사람은 평소 굳게 약속한 것이 있었다. 그 약속은 먼저 서방 극락세계로 들어갈 때 서로 알리기로 한 것이었다.

이때 광덕화상은 서라벌의 분황사 서쪽 마을에서 처와 살면서 염불을 하며 수도를 하였고, 엄장화상은 남산에서 혼자 수행을 하고 있었다. 세월이 흘러 어느 날 엄장화상의 처소 창밖에서 광덕화상의 목소리가 들렸다.

"이보게, 엄장! 나는 이제 서방 극락세계로 가니 그대는 잘 있

다가 때가 되면 속히 나를 따라오시게."

이튿날 엄장화상이 광덕화상을 찾아가니 그는 전날 이승을 하직한 뒤였다. 엄장화상은 광덕화상의 아내와 함께 장사를 치른 뒤에 넌지시 말했다.

"부인, 친구도 떠났으니 이제 나와 함께 사는 것이 어떻겠소?"

그러자 광덕화상의 처도 쾌히 승낙했다.

그날 밤 엄장화상이 광덕화상의 아내에게 동침을 요구하자 그녀가 말했다.

"스님, 스님이 서방 극락세계를 원하는 것은 나무에서 고기를 잡으려는 것과 같사옵니다."

그 말을 이상하게 여긴 엄장화상이 물었다.

"친구도 그랬는데 어찌하여 나는 극락에 못 간다는 것이오?"

"광덕스님은 저하고 10년을 같이 동거했지만 한 번도 동침한 일이 없고 매일 단정히 앉아 염불과 수도에만 전념했습니다."

그 말에 크게 부끄러움을 느낀 엄장화상은 그 길로 원효대사를 찾아가 일심으로 수행했다.

대리 극락은
있을 수 없다

가정에도 하나의 참부처가 있고, 일상 속에도 한 가지 참된 도가 있다.
사람이 성실한 마음과 온화한 기운을 지니고, 즐거운 표정과 부드러운 말씨로
부모 형제를 나와 한 몸으로 여겨 뜻을 통하게 한다면, 이는 부처님 앞에 앉아 숨을 고르고 내면을 들여다보는 것보다 1만 배는 나을 것이다.

_채근담

고려 때 고승인 보조普照국사에게는 누님이 한 분 있었다. 보조국사가 누님에게 항상 염불을 하라고 할 때, 그녀는 늘 이렇게 말했다.

"내게는 부처님같이 훌륭한 아우가 있는데 염불 공부를 해서 무엇 하겠나? 설사 내가 도를 닦지 않는다 해도 다른 사람까지 제도해 주는 아우가 있는데 혈육인 나 하나쯤 좋은 곳으로 제도해 주지 않으려고?"

말로써는 누님을 제도할 수 없다는 것을 안 보조국사는 다른 방법을 쓰기로 했다.

하루는 누님이 절에 오는 것을 미리 알고 있던 보조국사가 자신의 방에 진수성찬을 차려 놓았다.

잠시 후, 누님이 방으로 들어오자 보조국사는 누님을 한번 힐끔 쳐다보고는 말했다.

"누님 오셨습니까? 앉으십시오. 막 공양을 하려는 참입니다."

누님이 맞은편에 앉자 보조국사는 혼자서 음식을 맛있게 들고는 이내 상을 물렸다. 여태껏 단 한 번도 본 적이 없는 국사의 경우 없는 행동에 섭섭하고 노여운 감정이 솟구친 누님은 보조국사를 빤히 바라보며 따지는 투로 물었다.

"자네, 오늘은 왜 이러나?"

그 말에 보조국사는 능청스런 얼굴로 되물었다.

"무슨 말씀입니까, 누님?"

"무슨 말이라니? 그게 말이라고 하는가? 됐네. 나는 그만 집으로 가야겠네."

누님이 일어나려고 하자 보조국사가 정색을 하며 말했다.

"누님, 집으로 가시다뇨? 진지나 잡숫고 가셔야지요. 그냥 가시면 시장하지 않으시겠습니까?"

그 말에 누님은 노여운 얼굴로 말했다.

"자네, 밥을 줄 생각이 있으면서 몇 십 리를 걸어온 사람을 보고 음식을 먹으면서도 한번 먹어 보라는 말도 없으니 그게 사람으로서 할 짓인가?"

그러자 보조국사는 예의 능청을 떨었다.

"누님, 거참 이상하군요."

"뭐가 이상하다는 건가?"

"그렇지 않습니까? 제가 이렇게 배가 부르도록 먹었는데 누님은 왜 배가 부르지 않습니까?"

그 말에 누님이 발끈 화를 내며 말했다.

"그게 무슨 소린가? 밥은 자네가 먹었는데 어찌 내 배가 부르단 말인가?"

그 말이 끝나기 무섭게 보조국사가 정곡을 찌르는 한마디를 서슴지 않았다.

"누님, 언젠가 동생인 제가 도를 깨치면 누님은 염불 공부를 하지 않아도 제도된다고 하지 않았습니까? 그렇다면 동생이 배부르면 누님도 배가 불러야 하지 않겠습니까?"

그 말에 누님이 되물었다.

"자네, 억지를 부려도 유분수지 무슨 말을 그렇게 하는가? 밥은 창자로 들어가고 염불은 마음으로 하며 정신이 극락을 가는 것이거늘 밥 먹고 배부른 것과는 다른 것이 아닌가?"

"그렇습니다, 누님. 제가 밥을 아무리 먹어도 누님이 배부르지 않듯이 내 마음으로 염불을 하면 나의 영혼은 극락에 갈 수 있지만 누님은 결코 갈 수 없습니다. 정 누님이 극락에 가고 싶으면 누님의 참마음으로 염불을 하지 않으면 안 됩니다. 누님, 죽음은 그 누구도 대신하지 못하는 것처럼 극락도 대리 극락이란 있을 수 없는 법입니다. 이제야 아시겠습니까, 누님. 제가 왜 누님 보는 앞에서 밥상을 물렸는지를 말입니다."

말을 끝낸 보조국사는 상좌를 시켜 누님의 점심상을 차려오게 해놓고 말했다.

"누님, 이 동생이 누님을 제도할 것을 믿지 말고 당신 자신의 지극정성으로 염불을 하시어 내생에 극락으로 가도록 하십시오. 동생으로서의 간절한 부탁입니다."

그날 이후, 보조국사의 누님은 지성으로 염불을 하며 수행정진에 매달렸다.

참도道는 따로 있지 않다

사람마다 모두 자비심이 있으니
도가 높은 자와 백정은 본래 두 마음이 아니다.
어디에나 인생의 참된 맛이 있으니
대저택과 초가집이 서 있는 땅은 본래 다르지 않다.
다만 욕심에 가려지고 사사로운 정 때문에
눈앞에서 실수를 저질러 지척도 천 리가 되게 하는 것이다.

_채근담

어느 날 벽송선사碧松禪師는 처음으로 정심선사正心禪師를 찾아뵈었다.

"소승 문안인사 드립니다."

정심선사가 물었다.

"그래, 어디서 온 납자衲子인가?"

벽송선사가 대답했다.

"소승, 고명하신 스님께 참선의 묘리를 배우고자 왔습니다. 부디 큰 깨달음과 지혜를 가르쳐 주십시오."

이에 정심선사가 담담히 말했다.

“뜻은 고마우나 나는 도를 갖고 있지 않다네. 그리고 보다시피 하루하루 먹고살기에 바쁘네. 그리고 자네가 거처할 방도 없는 형편일세.”

하지만 벽송선사는 다음 날부터 토굴 하나를 따로 지어 날이면 날마다 정심선사와 같이 나무를 해다 시장에 내다 팔며 함께 생활했다. 벽송선사는 산에 오를 때마다 정심선사에게 물었다.

“스님, 부처는 누구입니까?”

정심선사가 대답했다.

“오늘은 좀 바빠서 말해줄 수 없다.”

“스님께서 깨쳐서 얻은 도리만 일러주십시오.”

하지만 정심선사의 대답은 한결 같았다.

“이보게, 오늘은 산에 가서 빨리 나무나 하세. 그것은 내일 말해주겠네.”

그러나 정심선사는 ‘내일 말해 주겠다’는 그 말로 벽송선사가 듣고자 하는 대답을 3년 동안 미루어 왔다.

어느 날이었다. 벽송선사는 정심선사가 없는 사이에 짐을 싸 떠나면서 밥 짓는 공양주 보살에게 말했다.

“보살님, 저는 오늘 여길 떠나야겠습니다. 그동안 고마웠습니다. 늘 건강하십시오.”

보살이 깜짝 놀라며 물었다.

"스님, 별안간 무슨 소립니까? 여길 떠나신다뇨?"

벽송선사가 말했다.

"보살님, 보살님도 익히 알고 계시겠지만 제가 스님을 찾아온 것은 도를 배우러 온 것이지 고용살이를 하려고 온 것은 아니지 않습니까?"

"그야 그렇습니다만……."

"보살님, 죄송합니다. 하지만 3년이란 시간이 지나도록 도를 가르쳐 주지 않으니 더 기다릴 필요가 없게 된 제 심정을 이해해 주셨으면 합니다."

"스님, 그래도 정심스님이 오시면 떠나세요."

"아닙니다. 지금 떠나겠습니다. 그럼……."

그 말을 끝으로 벽송선사는 3년 전 처음 들어섰던 길로 발걸음을 옮겼다. 잠시 후, 정심선사가 나무를 해가지고 돌아오자 공양주 보살이 다급하게 말했다.

"스님, 벽송스님이 방금 떠났습니다."

정심선사가 무덤덤한 얼굴로 물었다.

"왜 떠난다고 하던가?"

"3년 동안 도를 가르쳐 주지 않아 더는 기다릴 필요가 없어 떠난다고 했습니다."

"허허, 무식한 놈! 나는 늘 도를 가르쳤는데 제 놈이 그 도리를 몰랐던 게지. 매일 자고 나서 인사할 때도 가르쳐 주었고, 산에 가서 나무할 때도 가르쳐 주었거늘. 쯧쯧, 천하에 어리석은 놈 같으니라고!"

"스님, 그런 것이 도입니까?"

"도가 따로 있나? 도가 따로 있으면 도가 아니고 번뇌인 게지."

"스님, 그럼 저에게도 도를 가르쳐 주셨겠습니다."

"암, 가르쳐 주었고말고!"

보살이 물었다.

"스님, 벽송스님은 그걸 왜 몰랐을까요?"

이때 정심선사가 토굴 밖으로 뛰어나가 점점 멀어지는 벽송선사를 소리쳐 불렀다.

"이놈, 벽송아!"

그 소리에 벽송선사가 걸음을 멈추고 돌아보자 정심선사가 또 한 번 크게 소리쳤다.

"이놈아! 내 법 받아라!"

순간 벽송선사는 크게 깨달음을 얻었다.

그것을 살리는 일은 내 하기에 달렸다

남을 해치려는 마음을 가져서는 안 될 것이며,
남의 해를 막으려는 마음이 없어서도 안 된다.
이것은 생각이 소홀함을 경계하는 말이다.
차라리 남에게 속아 넘어갈망정 미리 남이 나를 속일 것이라고 짐작하지 말라.
이것은 살핌이 지나침을 경계하는 말이다. 이 두 말을 아울러 지난다면
생각이 깊어져서 덕성이 두터워질 것이다.

_채근담

어느 날 길을 가다가 소년 네댓 명이 시냇가에서 고기를 잡아서 솥에 끓이고 있는 광경을 본 진묵선사震黙禪師가 허리를 숙여 끓고 있는 솥 안을 보며 탄식했다.

"아아, 물속에서 잘 놀던 고기들이 죄 없이 삶아지는 괴로움을 당하는구나."

그 말을 들은 한 소년이 진묵선사를 힐끔 쳐다보며 조롱 섞인 투로 말했다.

"스님께서 이 고깃국을 잡숫고 싶은 게로군요?"

"암, 준다면야 맛있게 먹지."

그 말에 다른 한 소년이 말했다.

"스님, 그럼 이 한 솥을 모두 드릴 테니 다 드셔 보세요."

말 떨어지기 무섭게 진묵선사는 구리 솥을 번쩍 들어 단숨에 먹어 치웠다. 깜짝 놀라 눈이 휘둥그레진 소년들이 진묵선사에게 물었다.

"스님, 부처님께서는 살생을 금하라 하셨는데 스님은 고깃국을 자셨으니 진짜 스님이 아닙니다."

그 말에 진묵선사는 빙그레 웃으며 말했다.

"얘들아, 물고기를 죽인 것은 내가 아니지만 그것을 살리는 일은 내가 하기에 달렸지."

하고는 아랫도리를 벗고 냇물을 등지고 앉아 설사를 했다. 그러자 수많은 은빛 물고기들이 진묵선사의 항문에서 쏟아져 나와 물 위로 솟구치며 뛰놀았다. 이때 진묵선사는 자유롭게 노니는 물고기들을 보면서 말했다.

"물고기들아! 어서 큰 강으로 가서 다시는 삶아지는 고통을 받지 말거라."

찬 화로에 불을 피우리라

사람 마음의 바탕은 곧 하늘과 같다.
기쁜 생각은 빛나는 별이나 아름다운 구름과 같고,
분노는 성난 우레나 사나운 비와 같다.
또한 인자한 생각은 부드러운 바람이나 달콤한 이슬과 같다.
엄숙한 생각은 뜨거운 햇볕이나 찬 서리와 같으니
어느 것이라도 없어서는 안 된다.
다만 생길 자리에 생기고 스러질 자리에 스러져
시원스럽고 거리낌이 없어야 하는데,
이럴 수만 있다면 곧 하늘과 한 몸이 되는 것이다.

_채근담

일여一如스님은 금강산 제일의 명소인 관음봉 아래 자리 잡은 만회암에 이르자 불현듯 오랜 과거부터 살아온 자신의 거처인 양 아늑한 느낌이 들어 왠지 그곳을 떠나기 싫었다.

'내 여기서 한목숨을 걸어 기필코 도를 깨달아 불타佛陀가 되어 보이리라…….'

이렇게 생각하고 곧 다음과 같은 서원誓願을 세웠다.

'이곳 관음봉에서 백일기도를 올리되 불 꺼진 찬 화로에서 백 일 안에 연기가 오르면 기도를 마치겠지만 백 일이 다 되어도 연기가 오르지 않는다면 내 육신을 불태워 부처님께 공양하리라.'

일여스님은 이때부터 기도하는 틈틈이 나무를 베다가 볕에 말려 차곡차곡 쌓았다. 만약 기도의 효험이 없을 경우에는 나뭇단 위에 올라 부처님께 자기 육신을 공양하겠다는 각오였다. 그러나 처절할 정도로 구도의 집념을 불태우며 기도했지만 백 일이 다 되어가도 식은 화로에서는 불씨가 되살아날 기미가 보이지 않았다. 결국 시간은 무정하게 흘러 백 일이 되었으나 식은 화로에서는 불씨가 살아나지 않았다.

하루는 일여스님이 백인스님을 찾아가 자신을 자책하는 말을 서슴지 않았다.

"이보게, 백인. 기도를 시작한 지 백 일이 지났는데도 화로에서 연기가 오르지 않으니 나의 정성이 부족한가 보네. 이제 나는 곧

육신을 불살라 부처님께 공양드릴까 하네."

그 말에 백인스님이 깜짝 놀라며 말했다.

"이보게, 자네에게는 부모님과 스승이 계시지 않은가. 함부로 행동해서는 안 되네."

"아닐세, 백인, 나는 이미 끝났네."

일여스님은 그 말을 끝으로 방을 나갔다.

"이보게, 일여! 제발 아서게! 제발!"

백인스님은 일여스님을 말렸지만 끝내 만류할 수 없었다.

잠시 후, 법당 건너편에서 하얀 연기가 치솟았다. 놀란 백인스님이 정신없이 달려가 보니 이미 일여스님은 장작더미에 불을 지르고 그 위에 앉아 염불을 하고 있었다.

"자네, 이게 무슨 짓인가. 빨리 내려오게! 빨리!"

백인스님은 엉겁결에 곁에 쌓여 있는 눈을 두 손으로 퍼다가 활활 타오르는 불길 속에 던지려고 했으나 너무 뜨거워서 가까이 갈 수가 없었다.

이때 벌건 불길 속에서 일여스님이 말했다.

"백인 자네는 이 육신이 흩어지면 마치 꿈과 같은 것임을 알게 된다는 게송도 모르는가? 나는 고통이 지배하는 이 사바세계를 떠나 즐거움이 가득 찬 극락세계로 떠나네."

백인스님은 울음 섞인 목소리로 일여스님에게 말했다.

"자네, 만약 이 산에서 죽는다면 극락왕생은 못할 걸세."

그 말에 일여스님이 고통스런 얼굴로 물었다.

"어째서 극락왕생을 못한단 말인가?"

백인스님이 말했다.

"옛날 의상조사께서는 맑고 깨끗한 이 도량을 더럽힐까 봐 이 산에서 죽지 못하셨으니 자네도 속히 이리 내려오게. 일여, 헛된 죽음일 뿐이네. 제발, 어서 내려오게."

이 말에 요지부동일 것 같던 일여스님은 마침내 마음에 충격을 받고 불길 속에서 걸어 나왔다. 백인스님은 일여스님을 눈 위에 내려놓은 뒤 급히 부근 암자로 달려가 스님들께 도와줄 것을 호소했다. 뭇 스님들이 달려와 보니 마치 흰 눈 위에 먹물을 뒤집어쓴 것처럼 새까맣게 탄 일여스님이 아직 기운이 남아 있었던지 계속 중얼중얼 염불을 그치지 않고 있었다. 일여스님은 걱정스럽게 바라보는 여러 스님들을 향해 담담히 말했다.

"소승이 육신을 불사르려 한 것은 극락에 왕생하고 싶어서 스스로 한 것일 뿐 다른 사람하고는 아무 상관이 없습니다."

이날 밤 일여스님은 마침내 입적했다.

쌀자루가 무겁더냐?

교묘한 재주를 졸렬함으로 감추고,
어둠을 써서 밝게 하며, 맑음을 흐림 속에 깃들이게 하고,
굽힘으로써 몸을 펴는 근원으로 삼는다면,
이것은 세상살이의 구급책이요,
안전한 은신처가 될 것이다.

_채근담

경허선사鏡虛禪師와 만공스님이 탁발을 나갔다가 돌아오는 길이었다. 등에 진 자루에는 쌀이 가득 들어 있는 터라 갈 길은 먼데 몹시 무거웠다. 경허선사가 말했다.

"만공아, 쌀자루가 무겁고 힘들지?"

"예, 스님."

"만공아, 지금부터 내가 빨리 갈 수 있는 방법을 쓸 터이니 넌 지체 없이 따라와야 한다. 알겠느냐?"

만공스님이 물었다.

"스님, 어떻게 빨리 갈 수 있단 말입니까?"

"좀 있으면 알 게 될 게야."

어느 마을을 지날 때였다. 마침 앞에서 젊은 아낙네가 물동이를 이고 걸어가고 있었다. 이때 경허선사가 젊은 아낙네의 양 귀를 손으로 잡고 입을 맞추었다. 화들짝 놀라 비명을 지른 아낙네는 물동이를 떨어뜨리고 부리나케 마을로 달려갔다. 이 소문이 곧 마을에 퍼지기 무섭게 몽둥이를 든 마을 사람들이 뛰어오며 소리를 질렀다.

그 소리에 경허선사가 먼저 냅다 36계 줄행랑을 놓자 만공스님도 뒤따라 뛰기 시작했다. 온 힘을 다해 필사적으로 도망가는 두 스님을 마을 사람들은 따라잡을 수가 없었다. 이윽고 마을을 벗어나 산길로 접어들자 경허선사가 말했다.

"만공아, 쌀자루가 무겁더냐?"

그러자 만공스님이 숨을 헐떡이며 말했다.

"그 먼 길을 어떻게 달려왔는지 모르겠습니다."

"그래, 내 재주가 어떠냐? 무거움을 잊고 먼 길을 단숨에 지나왔으니 말이다."

누가 내 소를
가져갔느냐?

남의 허물을 꾸짖을 때는 너무 엄하게 하지 말아라.
그가 받아서 감당할 수 있을지를 생각해야 한다.
사람을 선으로 가르치되 지나치게 고상하게 하지 말아라.
그 사람이 들어서 따를 수 있도록 해야 한다.

_채근담

하루는 혜월선사慧月禪師가 출타 중인 틈을 타 고봉스님은 몇몇 스님을 꼬드겨 절에 있는 소를 내다팔아 그 돈으로 곡차를 실컷 사 마시고 남은 돈으로는 맛있는 반찬을 장만해 대중공양을 했다. 혜월선사가 돌아와 보니 소는 없어져 버렸고 스님들은 아침 예불도 하지 않고 모두 술에 취해 여기저기 곯아떨어져 있었다. 화가 머리끝까지 치밀 대로 치민 혜월선사는 곯아떨어져 있는 스님들을 죄다 깨워 큰 소리로 물었다.

"이놈들! 누가 내 소를 가져갔느냐?"

스님들은 겁이 나서 아무 말고 못하고 고봉스님만 멀뚱히 바라보고 있었다. 혜월선사는 고봉스님의 소행인 줄 알고 있으면서도 모른 체하며 버럭 고함을 쳤다.

"이놈들아! 누가 내 소를 가져갔느냐고 묻지 않느냐?"

그러자 고봉스님이 벌떡 일어나 옷을 훌러덩 벗어던지고 혜월선사의 방에서 네 발로 엉금엉금 기어 다니며 "음메-! 음메-!" 하고 소가 우는 흉내를 냈다.

이에 혜월선사는 고봉스님의 희멀건 볼기짝을 한 대 후려치고는 말했다.

"이놈아! 내 소는 어미 소이지 이런 송아지가 아니다."

그러고는 밖으로 내쳤다.

무엇을 가르쳤소?

한쪽만 믿음으로써 간계에 속는 사람이 되지 말고,
잘난 체하여 객기를 부리는 사람이 되지 말라.
자신의 장점을 자랑하기 위해 남의 단점을 드러내지 말 것이며,
자기가 졸렬치 않다 하여 남의 재능을 인정하지 않는 자가 되지 말라.

_채근담

혜월선사慧月禪師가 파계사에 있을 때의 일이다. 혜월선사는 열두어 살 되는 동자승과 함께 살았는데 마치 친구처럼 지냈다.

하루는 혜월선사가 장에 가려고 절 문을 나서니 방 안에서 "아이고! 아이고-!" 하는 곡소리가 크게 들려왔다.

그 곡소리에 혜월선사가 돌아서 방문 앞으로 성큼 다가서며 말했다.

"큰스님, 장에 다녀오겠습니다. 다녀올 동안 객스님하고 재미있게 노십시오."

동자승이 말했다.

"아니, 내 점심은 안 주고 너 혼자 가려고?"

"큰스님, 장에 다녀오겠습니다."

혜월선사는 동자승에게 다시 깍듯이 인사를 하고 난 후 절문을 나섰다. 혜월선사가 떠나자 동자승은 객승을 부르더니 이렇게 말했다.

"어디서 온 객승인데 건방지게 앉아만 있는가? 우리 스님은 아침저녁으로 나에게 문안인사를 올리는데 당신은 인사도 할 줄 모르느냐?"

그 말에 객승은 하도 기가 막혀 말문을 잃고 있다가 속절없이 끓어오르는 분노를 도저히 참을 수 없어 동자승을 방 안으로 불러들였다.

"네 이놈! 어디서 그런 무례한 짓을 배웠느냐! 당장에 옷을 벗겨 절 밖으로 쫓아낼 것이다."

처음 당하는 호통도 호통이지만, 당장 절 밖으로 쫓아낸다는 말에 겁이 덜컥 난 동자승은 객승에게 구슬 같은 눈물을 흘리며 빌고 빌었다.

"스님, 제가 잘못했습니다. 용서해주십시오."

객승이 말했다.

"이리 와서 꿇어앉아라."

하지만 동자승은 꿇어앉는 법도 제대로 몰랐다. 객승이 엄하게 말했다.

"오늘부터 내가 가르치는 대로 해야 한다. 알겠느냐?"

"네, 스님."

"스님이 어디 갔다 오시면 '스님 다녀오십니까' 하고 인사를 하고 앉을 때는 무릎을 꿇고 앉아야 한다."

"알겠습니다."

"그럼 나가 봐라."

저녁 늦게야 혜월선사가 장에서 돌아왔다. 선사는 절 문을 들어서면서 "큰스님! 큰스님!" 하며 동자승을 크게 불렀다. 혜월선사의 목소리를 들은 동자승은 풀이 다 죽은 체 밖으로 나와서는 혜월선사 앞에서 절을 하며 말했다.

"스님, 이제 다녀오십니까?"

이때 혜월선사의 얼굴이 갑자기 어두워졌다.

그날 저녁공양을 한 후 혜월선사가 객승에게 물었다.

"스님, 동자승에게 무엇을 가르쳤소?"

객승이 대답했다.

"하도 무례하게 굴어서 잠시 예법을 가르쳤습니다."

그 말에 혜월선사는 노기를 띠며 큰 소리로 말했다.

"스님, 내가 예법이란 걸 몰라 저 아이에게 가르치지 않았겠소. 천진난만한 그 모습이 하도 좋아 보여 때 묻지 않게 정성껏 가꾸고 있었는데 스님이 그 천진난만한 거울을 깨트리고 말았소. 이제 저 아이와 나와의 인연은 다됐으니 스님이 데리고 가시오."

다음 날 객승을 따라가는 동자승을 보고 혜월선사가 손을 흔들며 말했다.

"큰스님, 공부 잘하십시오."

나를 봐서 뭐하게

몸을 항상 한가한 곳에 놓아두면
영욕이나 득실로 어느 누가 나를 부릴 것인가?
마음을 항상 고요함 속에 있게 하면
시비나 이해로 어느 누가 나를 속일 것인가?

_채근담

석전石顚스님이 서울 개운사에 있을 때였다.

계행이 청정하고 학덕이 높다는 스님의 명성을 듣고 보살들이 날이면 날마다 끊임없이 찾아왔다. 그러나 석전스님은 오히려 공부하는 데에 방해가 될 뿐만 아니라, 이 모든 것이 부질없다는 것을 알고 있었던 터라 신도들의 방문을 그다지 좋아하지 않았다. 하여 석전스님은 보살들이 찾아오면 으레 이렇게 물었다.

"뭐 하러 왔소?"

"스님 뵈려고 왔습니다."

"나를? 나를 봐서 뭣하게."

보살들이 기가 차고 말이 막혀 안절부절못하자 석전스님이 다시 말했다.

"내 얼굴 어딜 보려고? 요기? 아니면 여기?"

이에 찾아온 신도들은 더욱 당황해 하며 어쩔 줄을 몰랐다. 그러나 석전스님의 표정은 조금도 풀어지지 않았다.

"이제 다 보았소? 다 보았으면 얼른 돌아가서 제 할 일들이나 열심히 하시오! 시간 낭비하지 말고!"

소를 타고
소를 찾는다

뗏목을 타자마자 곧 뗏목을 버릴 것을 생각한다면
이는 할 일 없는 도인이지만,
만약 나귀를 타고 또 나귀를 찾는다면
끝내 깨닫지 못하는 선사禪師이다.

_채근담

하루는 어떤 젊은 수좌가 혜월스님에게 물었다.

"스님, 소를 타고 소를 찾는다는데 이게 무슨 도리입니까?"

혜월스님이 말했다.

"그 따위 소리 하며 다니지 말라."

이때 혜암선사慧庵禪師가 조실스님에게 물었다.

"혜월스님이 젊은 수좌에게 그렇게 말한 것이 잘 일러주신 것입니까?"

조실스님이 말했다.

"그 늙은 중놈이 그래 가지고 어떻게 학인學人의 눈을 열게 하겠느냐."

이에 혜암스님이 넌지시 물었다.

"그럼 조실스님은 뭐라고 말하겠습니까?"

조실스님이 말했다.

"그 젊은 수좌가 혜월에게 물은 것과 똑같이 내게 물어봐라."

그 말에 혜암선사가 절을 세 번 한 뒤에 물었다.

"스님, 소를 타고 소를 찾는다는데 이게 대체 무슨 도리입니까?"

이에 조실스님이 말했다.

"네가 소를 타고 소를 찾는다는데, 찾아다니는 소는 그만 두고 네가 타고 있는 소나 이리 가져오너라."

금란가사로 법회를 주관하시지요

내가 귀할 때 사람들이 받드는 것은 나의 높은 감투를 받드는 것이요,
내가 천할 때 업신여기는 것은 베옷과 짚신을 업신여기는 것이다.
그러므로 진정 나를 받드는 것이 아니니 어찌 기뻐할 것이며,
진정 나를 업신여기는 것이 아니니 어찌 성낼 것인가?

_채근담

교토의 한 부호 집에서 법회를 열기로 하고 일휴선사一休禪師를 법사로 청했다.

법회가 열리는 날, 일휴선사는 더러운 옷을 입고 손발에는 검정을 잔뜩 묻혀서 마치 거지행색을 하고 나타나 그 집으로 들어가려 했다. 이를 본 주인이 대뜸 고함을 쳤다.

"잠깐! 이런 좋은 날 웬 상거지 놈이냐? 당장 혼쭐을 내서 쫓아내라! 당장!"

결국 일휴선사는 하인들에게 매를 맞고 쫓겨났다. 잠시 후, 일

휴선사는 화려하기 그지없는 금란가사金襴袈裟를 몸에 두르고 다시 그 부호 집으로 갔다. 이를 본 주인은 재빨리 합장 배례하며 일휴선사를 극진하게 맞이했다.

"스님, 어서 안으로 드십시오."

하지만 일휴선사는 문 앞에 서서 더 들어가지 않고 말했다.

"괜찮습니다. 소승은 여기가 좋습니다."

당황한 주인이 다급히 말했다.

"스님, 그게 무슨 말씀이십니까? 안으로 드셔서 법회를 주관하셔야지요."

그러자 일휴선사가 주인을 빤히 바라보며 천천히 말했다.

"그럼 소승의 금란가사를 드릴 테니 이 가사로 하여금 법회를 주관하도록 하시지요. 소승은 조금 전에 이미 문밖으로 쫓겨났습니다."

돼지의 눈에는
돼지만 보인다

아름다움이 있으면 반드시 추함이 있어 짝을 이루니
내가 아름다움을 자랑하지 않는다면
누가 나를 추하다고 할 것인가?
깨끗함이 있으면 반드시 더러움이 있어 짝을 이루니
내가 깨끗함을 초월하여 자랑하지 않는다면
누가 나를 더럽다 할 것인가.

_채근담

태조 이성계가 무학대사無學大師를 수창궁으로 불러들여 오랫동안 환담을 나누다가 문득 농담 한마디를 던졌다.

"대사, 내가 보기에는 오늘따라 대사의 얼굴이 마치 돼지 같이 보이는데, 대사의 눈에는 내가 무엇으로 보입니까?"

이에 무학대사는 얼굴색 하나 변하지 않고 태조의 말을 가볍게 받아넘겼다.

"제 눈에는 오늘따라 폐하의 얼굴이 마치 부처처럼 보입니다."

그 말에 태조는 어처구니없는 표정으로 껄껄 웃으며 말했다.

“허허허! 대사, 말이 너무 지나치구려. 어찌 내 얼굴이 부처처럼 보인단 말이요?”

그러자 무학대사가 입가로 엷은 웃음을 지으며 말했다.

“아닙니다, 폐하! 제 눈에는 정말 폐하의 용안龍顔이 부처로 보입니다.”

“대사, 농은 농으로 받아야 제 맛이거늘 대사는 어째서 농을 하지 않는 것이요?”

그 말이 끝나기 무섭게 무학대사가 말했다.

“폐하, 원래 사람의 눈은 마음의 거울이라고 하였습니다. 그러니까 돼지의 마음을 가진 사람의 눈에는 모든 것이 돼지처럼 보이고 부처의 마음을 가진 사람의 눈에는 모든 것이 부처처럼 보이기 때문입니다.”

대사의 말에 이성계는 아무 말도 못하고 얼굴을 붉혔다.

진짜 재는 이렇게 지내는 겁니다

온 생각을 기울인 자비는 가히
천지간의 화기를 빚어낼 것이고,
작은 생각의 결백은 가히
맑고 향기로운 이름을
백대百代에 걸쳐 드리울 것이다.

_채근담

경허선사鏡虛禪師가 천장사天藏寺에 있을 때였다.

하루는 절에 49재齋가 있어 상 위에 떡과 과일을 푸짐하게 진설해 놓았다.

이때 경허선사鏡虛禪師는 주지스님의 허락도 없이 진설해 놓은 떡과 과일을 구경 온 아이들과 어른들에게 하나도 남기지 않고 전부 나누어 주었다. 이것을 안 주지스님은 눈에 불을 켜며 노발대발했다.

"이놈, 재를 다 지내고 난 뒤에 주어야지. 어째서 재도 지내지 않았는데 주었느냐?"

그러자 경허선사가 천연스레 대답했다.

"스님, 이렇게 지내는 재가 진짜 재입니다."

죽으면 썩을
고깃덩이인 것을

살아 있을 때는 마음을 활짝 열어 너그럽게 하여
사람들로 하여금 불평을 사지 않도록 하라.
그리고 죽은 후에는 베푼 은혜가 오래오래 흐르게 하여
사람들로 하여금 만족한 생각을 갖게 하라.

_채근담

하루는 경허선사와 만공스님이 먼 길을 나섰다가 때마침 어느 고개에서 쉬고 있는 상여 행렬을 만났다. 경허선사가 그 행렬 속으로 들어가 상제喪制로 보이는 한 사내에게 다가가 말했다.

"이보시게, 많이 시장해서 그러는데 아무 음식이라도 좋으니 허기를 면할 수 있도록 해주시게."

사내가 말했다.

"스님, 행상行喪 길이라 술과 고기밖에 없습니다."

경허선사가 태연하게 말했다.

“술이면 어떻고 고기면 어떤가. 사람 입으로 들어가는 음식이면 족한 법이지.”

그 말에 주위의 상여꾼들은 명색이 스님 주제에 술과 고기를 청하는 경허선사를 못마땅해 하면서도 망인亡人을 위해 술과 고기를 푸짐하게 대접했다.

그때 마침 상주喪主가 경허선사에게 다가와 부탁을 했다.

“스님, 부처님의 자비로 우리 아버님의 명당을 하나 잡아 주실 수 없는지요?”

경허선사가 말했다.

“이보시게, 명당을 잡아서 무엇 하는가? 죽으면 다 썩을 고깃덩이밖에 아무것도 아닌 것을.”

나는 같은가, 다른가?

남의 조그만 허물을 꾸짖지 않으며,
남의 사사로운 비밀을 폭로하지 않으며,
남의 지난 잘못을 새겨두지 말라. 이 세 가지를 명심하면
스스로의 덕을 기를 수 있으며 또한 해로움을 멀리해줄 것이다.

_채근담

고봉古峰스님은 곡차에 대취하는 날이면 자기 방에서 고래고래 고함을 지르며 스승인 만공선사를 헐뜯고 비난하는 나쁜 버릇이 있었다.

"만공 그게 무슨 도인이야, 도를 알기는 개떡을 알아!"

하루는 만공선사가 고봉스님의 방 앞을 지나다가 자신을 욕하는 소리를 들었다. 만공선사가 방문을 활짝 열어젖히며 소리쳤다.

"고봉! 그 무슨 막말인가? 내가 자네한테 뭐 잘못한 게 있는가? 왜 내 욕을 하는 게냐!"

고봉스님이 화들짝 놀라 벌떡 일어나 능청스레 말했다.

"스승님, 제가 왜 스승님 욕을 합니까?"

"아니, 자네가 방금 만공 그게 무슨 도인이야, 도를 알기는 개떡을 알아, 하지 않았느냐?"

그 말에 고봉스님은 정색을 하며 말했다.

"스승님, 저는 만공에게 욕을 한 것이지 스승님에게 욕한 것이 아닙니다."

그러자 만공스님이 지그시 물었다.

"고봉, 그럼 만공과 나는 같은가, 다른가?"

이에 고봉스님이 "할喝!" 하고 외쳤다.

그러자 만공선사는 미소를 지으며 말했다.

"고봉, 많이 취했구먼. 어서 자게."

나를 알아가는 즐거움

초판1쇄인쇄 2018년 10월 10일
초판1쇄발행 2018년 10월 17일

지은이 | 박치근
펴낸이 | 임종관
펴낸곳 | 미래북
편 집 | 정광희
표지 디자인 | 김윤남
본문 디자인 | 디자인 [연:우]
등록 | 제 302-2003-000026호
주소 | 서울특별시 용산구 효창원로 64길 43-6 (효창동 4층)
마케팅 | 경기도 고양시 덕양구 화정로 65 한화 오벨리스크 1901호
전화 02)738-1227(대) | 팩스 02)738-1228
이메일 miraebook@hotmail.com

ISBN 979-11-88794-18-8 03800

값은 표지 뒷면에 표기되어 있습니다.
잘못된 책은 구입하신 서점에서 바꾸어 드립니다.